小悦读
XIAOYUEDU

过马路的鱼
GUOMALUDEYU

莫红 徐宗义 ◎著

吉林大学出版社

图书在版编目（CIP）数据

过马路的鱼 / 莫红，徐宗义著. ——长春：吉林大
学出版社，2013. 5
（蚂蚁小说）
ISBN 978 - 7 - 5677 - 0080 - 2

Ⅰ. ①过… Ⅱ. ①莫… ②徐… Ⅲ. ①小小说 - 小说
集 - 中国 - 当代 Ⅳ. ①I247. 8

中国版本图书馆 CIP 数据核字（2013）第 111913 号

书　名：过马路的鱼
作　者：莫　红　徐宗义　著

责任编辑：朱　进　责任校对：刘柏桥　　　　封面设计：三合设计公社
吉林大学出版社出版、发行　　　　　　　三河市嵩川印刷有限公司　印刷
开本：787×1092　毫米　1/16　　　　　2013 年 5 月　第 1 版
印张：13　　　字数：179 千字　　　　　2020 年 3 月　第 2 次印刷
ISBN 978 - 7 - 5677 - 0080 - 2　　　　　　　　　定价：25. 80 元

社址：长春市人民大街4059号　　邮编：130021
发行部电话：0431 - 89580026/28/29
网址：http://www.jlup.com.cn
E - mail：jlup@ mail. jlu. edu. cn

总序：蚂蚁小说——挑战小说的极限

作为一种有别于其它小说品种的新文体，蚂蚁小说的呐喊嘹亮、鲜活、激动人心。短短几年，蚂蚁小说已形成一道新的文学风景线。

所谓蚂蚁小说，是指比小小说更短、通常限定在 500 字内的一种小说品种。它既是主观的要求，也是客观的产物。

蚂蚁小说既是超短的，又是"小说"的，是指尖上的舞蹈，是一种高难度写作。所以从主观上来说，蚂蚁小说的出现，就是为了挑战小说的极限，并树立自觉的文体意识，确保其艺术价值。从客观上来说，蚂蚁小说是电子时代和快节奏生活的必然产物。一方面，来自各种渠道、各种形式的海量信息，令忙碌的人们应接不暇，小说及其它文学作品的阅读空间日趋狭窄。短、小是历史趋势，它表现在各个方面，也必然反映到文学中来。所以蚂蚁小说是应运而生的，是合乎"运道"的；另一方面，随着物质水平的提高，人们对以文学为代表的精神产品的需求也更加迫切。为了解决这种阅读空间和阅读需求的矛盾，蚂蚁小说便应运而生了。

小说的源头本来是"小"的，以后才变成"大说"。现在电子技术、手机出现了，一部分小说会回归源头。花一分钟左右的时间，能读完一篇小说，并产生审美的速率刺激，没有比这更令人神往的了。

同时，蚂蚁小说产生的背景和基础，还有一个重要的原因，就是大众的文学话语权，这和民主和人权是联系在一起的。当文学不再是少数人的专利，蚂蚁小说的繁荣就会是不可阻挡的。另外，蚂蚁小说是一个"文学特区"，它字数少，利于方便地进行各种小说流派的文学实验。它对现代小说的发展，对小说作者的培养，也发挥了其特殊作用。

　　蚂蚁小说的形体细如蚂蚁，却是一个完整的生命体，一个"大力神"。而且它的载体异常灵活，可以自由进入的领地实在太多了，不仅可以刊载于报刊、图书、网络等各种传统及电子媒体，也可以与广告相结合，在作品中出现地名、人名或企业名称，用于各种消费场所的精美图册，墙上的挂框，电梯广告，商品包装，各色贺卡，新年台历，企业广告杂志……总之，一切商业性、休闲性、工具性的书写物件，都是蚂蚁小说的天然载体。所以它打开了一片新天地，这种优势是任何其它小说都无法比拟的。

　　事实上，蚂蚁小说的发展速度，已经超出了我们的想象。2007年8月，《百花园》杂志首次发表了王豪鸣的"蚂蚁小说四题"，并自2008年第1期起开设"蚂蚁小说"专栏。随后，《小小说月刊》《微型小说选刊》《天池小小说》《新快报》《羊城晚报》《小说选刊》《佛山文艺》《文学港》《喜剧世界》《读者》《特别关注》等50余家报刊争相跟进。据不完全统计，从2007年至2011年，国内纯文学杂志及其它报刊选发的蚂蚁小说精品已达到15万余篇。被选入文集及年度选集出版的蚂蚁小说佳作，亦有8万余篇，部分作品被报刊多次转载；许多蚂蚁小说作家的作品还作为范例，进入了大学写作教材；2009年6月，第一部蚂蚁小说作者作品合集《中国蚂蚁小说十六家》由中国戏剧出版社正式出版。

　　2011年，王豪鸣的第一本蚂蚁小说系列集《赵六进城》由湖南人民出版社出版，进入《重庆晚报》图书排行榜第二名，约100家报纸和网站发布新闻、专访，并予连载。同年结集出版的蚂蚁小说集，还有梁晓泉的《甄四那档子事》和蔡中锋的《人在仕途》，均引起强烈反响，好评如潮。

　　首届中国汉语蚂蚁小说"金蚂蚁奖"评选，参评作品2080篇。评选邀请了国内有影响力的著名作家、编辑家、批评家格非、苏童、陈东捷、韩旭、杨宏海、秦俑、雪弟、刘海涛等组成评委阵营，投票评出金奖5名，入围奖10名，佳作奖38名，获得金蚂蚁奖的有肖晨、段国圣、蔡中锋、刘吾福和青霉素，并推举王豪鸣为文体创新奖的获得者。

　　蚂蚁小说文体从民间到官方，一直不断向纵深推进。入选肖晨主编的这套蚂蚁小说丛书的作者，只是众多优秀蚂蚁小说作家中的一部分，但作品所展示的风貌，已然体现了蚂蚁小说文本意识。这些蚂蚁小说，虽然作品各呈异彩，但归纳起来，不外乎有三个面向：

一类作品侧重故事性，并调动各种文学表现手段，其构思之精巧，情节之奇妙，令人拍案叫绝。这类作品继承传统小说的叙事品质，又汲取了小品文、短信段子中的有益成分，于方寸之间展现出了无穷的魅力和美学价值。

另一类作品则是侧重抒情性，在精心设置小说细节的前提下，全篇充满了散文和诗的味道。这类作品的篇幅往往更短，但营造的意境却美轮美奂，拨人心弦，甚至催人泪下。还有一类作品，属于探索性、边缘性的。无论是叙事还是抒情，都是剑走偏锋，一反常规套路。这类作品不屑于表现生活的常态，善于借鉴现代小说的写作技法，极尽夸张、荒诞之能事，直抵人性的最深处。这些带有先锋性和超现实的作品，常常给人以震撼，令读者耳目一新。

同时，纵观丛书的作品，有的是平民化的，它们清新、通透、好读而易懂；有的则是精英化的，就像文学体裁中的诗歌那样，用隐喻、多义和陌生化去"折磨"读者，在反复品味的过程中领悟美的极致。

蚂蚁小说精巧，蚂蚁小说作家创作大部分是凭灵感写作，因此蚂蚁小说作家有着一份自由和洒脱，一份执著和追求。从这个角度上来说，蚂蚁小说的繁荣，蚂蚁小说的高文学品质，一点儿也不让大众惊讶了。

作者简介：王豪鸣，深圳执业律师，仲裁员，作家，中国蚂蚁小说倡导和推动者。1999 年首创魔鬼诗典文体，2004 年首创对话体长篇短信小品，2009 年推出国内首部扑克小说。近年来涉足灵性领域，创作身心灵作品。出版作品有《魔鬼诗典》《赵六进城》《眯有心事》等，主编《中国蚂蚁小说十六家》（王豪鸣、蔡中锋）。2010 年荣获蚂蚁小说文体创新奖，《眯有心事》入选 2010 年十大心理励志图书。

王豪鸣

2011 年 7 月

目录

目录

目录

目录

目录

目录

目录

第一辑

一颗良心

投桃报李

大头牛三花三千元钱买一辆崭新的山地自行车，骑着上下班，很是金贵。

同科室的小张借牛三的山地自行车，说是外出办事。牛三挠着大头想了想说，我的可是新车子，你千万别给整丢了。说着，大头牛三把车钥匙交给了他。

快下班时，小张气喘吁吁地回来了。他把一把崭新的自行车锁递给牛三说，你的自行车锁不结实，丢了。这把锁结实，你再买辆自行车把它安上，再也不会丢啦！牛三张着大嘴看着神情自若的小张，接过了车锁。

这天下午快下班时，牛三对小张说，我家电脑坏了，我晚上加班整材料，用一下你的笔记本。小张极不情愿地把自己崭新的笔记本电脑交给了牛三。

第二天上班，牛三交给小张一本《笔记本电脑使用保养方法》，他说，你的笔记本使用保养有问题，坏啦，我给扔了。你再买新的话，就按这本书使用保养，肯定没问题。小张脸气得发白，他想说什么，可张了张嘴没说出来。

小张觉得自己吃了亏，自己的笔记本六千元，而牛三的自行车才三千元。于是，他买了一辆山地自行车还给了牛三，他说，我哥们是道儿上的老大，他一发话车子就回来了。

牛三把笔记本还给了小张。牛三说，我在互联网上参加了一个"智慧大比拼"竞赛，赢了这个笔记本，送给你好了。

沮丧的作家

晚上，张某来到一个夜市书摊跟前，随便翻了几本。突然，他眼前一亮，书丛中有自己写作的长篇小说《沮丧的作家》！短暂的喜悦后，他感到有点不对劲儿！

他拿着书问摊主："这本书哪里进的？"摊主说："商业机密。"

张某又转了好几个书摊儿，都有他的书。他翻着书说，盗版的，肯定是盗版的！

第二天上午，他来到市文化市场稽查队反映说，我的长篇小说《沮丧的作家》被盗版了！请你们立即下去查，查出盗版者，理应重罚！刚好稽查队周队长是张某的同学，他说，你下午来一趟，我们向你反馈调查结果。

下午，周队长向张某反馈说："全市三十五个书摊，共进您的大作三百六十四本，经查验，书不是盗版的。"张某脸一红，脱口而问："不是三百六十五本？"答："不是。"又问："进货渠道呢？"周队长眼睛看着别处说："是从废品收购站进的。"

张某气得浑身发抖，他盯着周队长说："我赠给你的那本呢？"周队长从书柜里拿出书让张某看，张某看后深有感触地说："当今社会，懂得文学艺术的人少之又少！你有资格管理文化市场，因为你懂得并尊重高品位的文学艺术。"

那晚，张某来到一个夜市书摊前，他问摊主，长篇小说《沮丧的作家》销路好吗？摊主说，我一共进一本，好长时间没人买，刚好今天上午被稽查队周队长拿走了。

老板的老爹进城来

刘老板的老家很远很偏僻，他把老爹接到了城里，想让他小住几日享享清福。

刚把老爹接来，刘老板就因要事外出。他把招待老爹的任务交给秘书小王。

小王喜欢"按常规出牌"。在豪华洗浴中心，让老爷子洗干搓净后，小王"牵羊"似地把他领到了异性按摩室。

老爷子不停地往上提着大花裤头问："洗干净了还不回家？"小王嘿嘿笑着说："下个节目是异性按摩。"老爷子听不懂，小王比划着解释半天他终于明白了。他说："不就是大老爷们家脱光，让娘儿们在你身上乱摸，本来就够吃亏了，还得给她钱，这傻事儿俺不干。"说着他脖子一拧就走。

晚饭时，小王把老爷子领到了烧烤店，上了二十串烤羊宝。老爷子先看看周围，然后趴在小王耳根上说："啥龟孙羊宝呀，这东西是羊蛋，刚才那胖子串时俺瞧见了，这东西吃多了人会变成骚羯子，见头上搭手巾片儿的就不安生，老丑气，俺不吃。"

那晚在宾馆，老爷子刚想脱衣服睡觉，就听外边有人敲门，他开开门，猛地闪进来一位漂亮的姑娘。她一过来就回身关上了门，她笑眯眯地说："大哥，放心吧，有人给你出钱。"

老爷子气不打一处来，他说："你别胡喊，俺能当你爷！俺知道你干的是哪一路，你走吧。当年俺村的马老六进城逛窑子，回来就烧杆啦，有

4

人出钱俺也不装那信球。"说着，老爷子回身抓了个枕头，用枕头垫着把姑娘推了出去。

第二天早上，刘老板打来电话，问老爹住的可舒坦？老爷子没好气地说："可舒坦了！你回来我有话对你说！"

刘总来视察

　　王经理把员工们召集起来说："刘总要来视察，他讲话时喜欢掌声。我们要卯足劲儿鼓，把刘总鼓高兴了。"

　　刘总来视察了，他给全体员工讲话。会议室里，刘总坐在主席台上像一尊神，他讲了一个小时的话，台下响起了十次雷鸣般的掌声，他喜得双眼眯成了两道缝。突然，刘总看到坐后排的一个黑大汉没有鼓掌，喜悦的心情一落千丈，他很生气，后果很严重。

　　他在王经理办公室拍着桌子红着脸质问："我讲话的时候，你们后排坐的那个黑大汉为什么不鼓掌？你必须把他开除！"

　　王经理陪着笑脸说："刘总，您老别生气，那个黑大汉小时玩雷管崩掉了一只手。"

　　刘总毫不放脸，他说："想鼓掌，一只巴掌也能鼓，必须把他开除！"

　　王经理哈着腰说："那个黑大汉两口都是下岗工人，孩子在上大学，是居委会介绍他来的。"

　　刘总毫不放脸，那也不行！

　　王经理哈低了腰，他说："那个黑大汉干活玩儿命，年年是公司先进。"

　　刘总毫不放脸，那也不行！

　　王经理的腰哈的更低了，他说："那黑大汉干活有劲，废臂上带了个锋利的铁钩子，百十斤的货物一勾就起。而且据说还有拳脚功夫。"

　　刘总张大了嘴，脸色由红变白，他问："你，你说的是真，真的吗？"

　　王经理一愣说："可以专门给你表演呢。"

　　刘总擦擦汗说："那就叫他给我当保镖吧。"

借　书

若兰姑娘爱看书。

她去小汪家借书。小汪是位英俊的青年，他家里很贫寒，却有几柜子中外名著。若兰姑娘随手翻了一本，是海明威的《老人与海》。若兰说："如今这书已经落伍了。"小汪笑着说："不一定。"若兰空手而归。

若兰去小李家借书。小李是一家公司的老板，小个子小眼寸头，很精神。他家里摆着瓷器古玩，拌着山水画。小李一直在追求若兰。他只有几本书，若兰翻了翻，是《卡耐基成功之道全书》，《三十六计与经营之道》，还有一本是《孙子兵法》。若兰说："你咋就这几本书呀？"小李说："这就够用了。"

若兰借了《卡耐基成功之道全书》。她觉得小李很务实，符合时代潮流。

小李问若兰要书，若兰说，你来拿吧。若兰让小李去拿书，实际上是过她父母的眼。后来他们相爱结婚了。

婚后，小李的事业蒸蒸日上，若兰生活很甜蜜，每天在家看一些休闲美容的书。全球金融危机中，小李公司接近破产。一天若兰进家，看到小李躺在床上奄奄一息，被割破的左手腕流了一大摊血。若兰立即拨打120。

小李出院后，整天酗酒，有时彻夜不归。若兰找到小汪，诉说了她的遭遇。小汪把海明威的《老人与海》交给若兰说："你让他看看，兴许有用。"

　　若兰回家后把书交给小李，小李看了看啪的一声摔在地上说："想让我打鱼?"开玩笑。若兰拾起书说："你不看我看。"若兰把《老人与海》读了十多遍。若兰勇敢地接过了小李的公司，每当她遇到困难，眼前就出现了海明威笔下的那位顽强的老人。渐渐地，公司在若兰的苦心经营下恢复了活力。

一颗良心

二歪他娘病重住进了县医院，他在村里转了好多家却借不到钱。二歪借钱借到了庆铭家，庆铭在柜子里给他摸出来五千元钱。当时儿子对庆铭一个劲地使眼色，庆铭佯装没看见。当二歪要打借条时，庆铭大手一摆说，不用打了，赶快给大娘治病去吧。

一晃一年过去了，庆铭没找二歪要钱。

第二年秋天，庆铭的农用三轮车出了车祸，赔人家一大笔钱。祸不单行，庆铭的老娘又病了。

庆铭到二歪家要钱，二歪背着脸说，谁欠你的钱呀？庆铭猛地愣住了，他结结巴巴地说道："我明明借给你，你五千元钱，你这人咋，咋不讲良心呀？"二歪说："啥良心不良心的，有本事你把欠条拿出来！"庆铭气得浑身发抖，他用手指了指二歪，一句话也说不出来。

庆铭到镇法庭告二歪，法官说："你没证据，不能立案。"庆铭到律师事务所咨询，一律师对他说："对付这样的人，你带个录音机，骗他出来喝酒，二两酒下肚就和他谈借钱的事儿……。"庆铭脖子一拧说，我一个大老爷们，不干这下三滥的事儿。

庆铭到二歪家，非要他写一个欠他一颗良心的欠条，二歪不写，庆铭说："你不写我就不走。"一直僵持到大半夜，二歪心想，反正良心看不见摸不着，就写了。

腊月二十八，庆铭打电话给二歪，要他还良心。二歪说："良心咋还呀？"庆铭说："不管啥心，你拿来一颗就行。"

　　二歪给庆铭送去了一颗猪心，庆铭接过，冷冷地看了看，喊了一声"大黄"，庆铭家的大黄狗就摇着尾巴跑进了屋内。就在庆铭将要把猪心扔给大黄狗的一刹那，二歪一把夺过猪心，咚的跪在地上说，庆铭哥，我错了。

信　念

明宣德九年，淮河以南大旱。萧索的荒原上，逃荒的翟云山和父亲蹒跚而行。父亲倒下了，他喘息着对翟云山说，孩子，你一定要活着回去，咱家堂屋西山墙下埋着一瓦罐黄金。

翟云山抬起头说，不会的。

父亲说，真的！那是当年你爷爷经商赚下的。说着，他的头歪向了一边。

翟云山历尽了千辛万苦，终于辗转回到老家。他一进家门，二话不说，就在西山墙下刨挖起来，一直挖出一个一人深的大坑，却什么也没有找到，他绝望地瘫倒在坑里。

天下起了滂沱大雨，翟云山苏醒了，一道闪电划破漆黑的夜空，翟云山领悟了父亲的良苦用心。从此，他辛勤耕耘，家境变得富裕宽绰，可就在儿子十三岁那年，一场暴病，翟云山撒手西去。

一年过后，盲人刘仙来到他们家，自称能神机妙算。母亲让他给儿子摸骨相。他用颤抖的手在儿子身上摸后，惊愕地说，了不得，了不得呀！这孩子骨相贵不可言，有封侯拜相之命啊！

刘仙走后，母亲变卖家产，带儿子赶赴京都，精习学业。母亲靠编草鞋供养儿子读书。儿子十年寒窗中了状元，后来官居丞相之位。儿子找到刘仙重谢，刘仙弄清来意后仰天大笑，他说，这一切都是你父亲翟云山临终前托付给我的。

一颗烟头

男人是个赌徒，整天外出赌钱。他晚饭后出发，深夜而归。

这天，男的前脚走，女人的老板后脚来。女人和老板的时间很宽余，就快快活活地风流了一场。

事罢，女人的老板像主人一样坐在会客厅的沙发上悠闲自在地抽了颗苏烟。女人说，还不赶快走，万一他提前回来了。老板说，慌什么。说着在烟灰缸里把烟摁灭，很有风度地走了。有读者读到这里时推断，那天夜里，平时只抽廉价烟的男人回来后，在烟灰缸里发现了那颗苏烟烟头，就与女人离婚了。这完全是唯恐天下不乱的瞎猜。

实际情况是，那天午夜，男人归来。烟在赌场上吸完了，他想在烟灰缸里找颗烟头吸。他拿起那颗烟头看后惊叫，家里来人啦？女人吓出一身冷汗，她说，没来人呀。男人拿着烟头问，这是哪来的？女人说，那是你自己的。男人说，这是苏烟烟头，杀了我我也吸不起呀。女人慌忙改口说，哦，对了，我弟弟晚上来了。小舅子是一家小公司的小老板，好烟不离嘴，男人就没往下问。

男人点着了那颗烟头，使劲吸了一口说，好烟就是好吸。

领导来慰问

再过一个月，马局长就要退了。局里传言，有人要在马局长走人那天放鞭炮。马局长坐不住了，挨个儿找人谈心。

我在酒店的楼梯上蹲住了尾巴骨，第二天早上起不了床了。刚请了假，局办公室就电话通知我，马局长马上要来慰问我，我一听，心脏打夯似地跳。因为马局长是按花名册谈的心，今天刚好轮到我。

马局长过来后，坐在我床边的椅子上，两眼箭似地盯着我，我竟然像偷人家东西似的躲闪。

他冷笑着说："你病得真是时候，我知道你心里对我有意见，副科级十年没提，可干部提拔是集体研究，不是我个人说了算。"我慌乱地说："马局长，我对你一点意见也没有，你知道，我胆小怕事，是老实人。"

马局长说："老实人很容易走向另一个极端！我退了，可我儿子还在市纪委，谁敢说他一点问题也查不出来？"听罢，我浑身发抖。

"看你屋里的空气多差。"说着他走到窗前打开窗子。窗外是我家的阳台，放了很多杂物。

马局长在窗前往外看了好一阵子，过来后就变得笑容可掬。他关切地说："伤筋动骨一百天，你在家好好休息。"我诚恳地说："不不！我下午就上班！"

他说："我走前开个党组会，解决你的正科级，但你必须在家休息一个月。"我说："好。"

真得感谢马局长，他走前解决了我的正科级。

春节前，我想起了家里的阳台上还有几盘五千头的鞭炮。

大头牛三与"铁头牌"头盔

牛三头大，骑摩托买不来合适的头盔。

市里开展交通安全月活动，凡骑摩托不戴安全头盔者，交警扣驾照扣摩托。牛三来到了"铁头牌"头盔商店。

商店营业员一见来了顾客，十分热情地迎上来，先是夸他们的头盔撞断过很多电线杆，接着拿各种型号的头盔让牛三试，结果都戴不上。

就在牛三大失所望时，店老板笑容可掬地从里边拿了个头盔走出来，他说，考虑到有人头大，我们专门订做了特大号的头盔。说着，他就把头盔往大头牛三的头上戴，结果还是戴不上。老板把袖子往上一捋说，我不信你戴不上！说着他把头盔对着牛三的大头使劲往下按，只听大头牛三妈呀一声惨叫，头盔戴上了，可大头牛三疼得连哭带叫。

老板想把头盔去掉，可无论如何也去不掉。他慌了神，亲自开车把大头牛三拉到了医院，又拉到消防支队，他们也无能为力。没办法，店老板就与"铁头牌"头盔的生产厂家联系，让他们帮助解决。很快，头盔的生产厂家来了一位女工程师，见此情况，她淡然一笑，握着粉棰，对着大头牛三头上的头盔只一下，头盔便破成几片。

大头牛三长出一口气，说，还是"铁头牌"头盔保险。

盛开的太阳花

马厂长魁梧，很有派头。他常说，做人要学太阳花，耐贫瘠，耐干旱，给点阳光就灿烂。

我们厂是中型国企，许多国企都垮了，而我们厂在马厂长领导下，渡过了重重难关，焕发了耀眼的青春与活力，是市里的盈利大户。马厂长被市政府授予功勋厂长，可还坐着破桑塔纳，他说，老马骑着安全。

我给马厂长当秘书，很多事让我感动。一客户请客，马厂长推不掉，就去了他常去的小馆子，服务员要马厂长点酒，马厂长笑容可掬地说，你介绍一下酒的价位。服务员说，有八百八的，六百八的，五百八的……还有十八的。马厂长说，要十八的。大家哄笑。马厂长幽了一默，我要的是十八元的酒，不是十八岁的人。

一年夏天，马厂长带我去外地联系业务，回来时为了赶路，我们在路边吃了午饭，我和司机吃方便面，马厂长磕着蒜瓣，吃了几个昨晚从酒宴上带回的包子，结果回家就上吐下泻，住进了医院。

我去过马厂长的家，他家住二十年前的老楼，几件家具老旧不堪，破彩电打开满是雪花，可阳台上用几个破搪瓷洗脸盆种的太阳花却十分灿烂。

一天上午，我把马厂长办公室整理得干干静静，可他没来上班，电话也打不通，大约九点的时候，几个反贪局的人来搜查马厂长的办公室，签搜查令时我差点惊倒在地。

后来听说，反贪局的人在马厂长家搜出三千多万元的存折。开始他们搜查半天一无所获，就在打算收队时，一人突然对那几盆五彩斑斓的太阳花很感兴趣……

尊贵的足疗者

　　足疗师是一位三十出头的秀气女子，热情而含蓄，做足疗者模样像一老板，尊贵又有些疲惫。他明显喝多了，脸发红眼发直。

　　足疗师的手纤细却有力，在对方脚上按捏，随着按捏，那人的眉头和嘴角一皱一咧的。

　　足疗师边按边说，你的肠胃不好，胰腺也不好。那人哼哼呀呀地说，是的是的，酒摊儿太多，这年头不喝酒办不成事。

　　足疗师按着按着，那人疼得唉了一声，足疗师停顿一下说，你的肾很不好，反射区净是小米大的颗粒。那人说，你不说我也知道，整天……唉，不说了。

　　足疗师又按了一会儿，那人疼得叫了一声，足疗师停住了手，她说，你的心肝很不好，反射区有绿豆大的颗粒。

　　那人说，我心肝不好？有好多老板的心肝比我坏多了。她问，你们一起做过足疗？他说，没，不过我知道。

　　按着按着，那人故意把脚往足疗师胸脯上伸，足疗师啪地往他脚上打了一巴掌说，老实点儿。那人突然直起身抓住了足疗师手说，我给你按按好吗？

大头牛三的爱情

大头牛三有一个漂亮温柔的妻子。

一天晚上，牛三妻子的公司老总请她喝咖啡，她去了。

典雅的套间内，灯光迷蒙，音乐流淌，宛如梦境。

套间内只有她和老总。

老总说，你貌如天仙，气质脱俗，我看在眼里，却印在心上。

她笑了笑，我本一凡妇，承蒙老总抬爱，感谢之至。

老总说，我们相爱吧，我将送你别墅一座，宝马一辆，还有

她淡然一笑，我爱我的大头牛三，有了真爱，陋室若天堂，安步以当车，我很富有。

老总说，我提拔你为信息部总监。

她说，我才学疏浅，误人误事，何必遭罪。老总，我感谢您的盛情美意，以后别和我谈这些了，其一，我有所爱；其二，我不是苟且之人；其三，我老公头大，什么样的帽子都带不上，我怎敢违反天意。

那天夜里，牛三的妻子，产生一个奇怪的想法，她想用手指拃一拃牛三的头到底多大，刚拃一下，她突然放弃了，她用双手抱着大头牛三的腰娇喘着说，老公，你的腰真粗……

种猪戴上了金链子

　　根旺家种猪老了，背上长出了红猪毛，面目丑陋而狰狞。虽然根旺要钱少，前来配种的猪也不多，主要很多小母猪嫌根旺家种猪又丑又老，拒绝配种。猪也有感情，母猪不情愿受孕率就低。

　　圈儿是根旺小学的同学，五十多了，又黑又矮，这些年靠揽工程发了大财。圈儿发财后和原来的婆娘离了婚，找了个水灵灵的大闺女叫银铃。银铃是二队铜斧家的闺女。

　　那天圈儿开着小车拉着银铃来走亲戚，见根旺时圈儿下了车，递给根旺一张名片说，有事儿找我。根旺看着圈儿脖子上那根金灿灿、沉甸甸的金链子，心里灵机一动。

　　根旺给他家的种猪脖子上栓了一根金链子，当然了，是镀金的。你别说，种猪一戴金链子，便赢得了小母猪们的芳心，根旺的生意立刻就好了起来。

　　那天，一只前来配种的小母猪一见根旺家种猪，便丰韵婷婷地凑了上来，先是和种猪接吻，又挨着身子磨蹭，接着用粉红色的小嘴巴给种猪拱痒痒，种猪陶醉地眯起了眼睛。突然，小母猪一嘴拽下种猪脖子上的金链子，掉头就跑。根旺撵上那只小母猪时，金链子已不知去向。

　　根旺立即拨通了圈儿的手机说，圈儿，小心你脖子上的金链子！圈儿哈哈一笑说，我有的是钱，丢了再买。

青春似火

嘹亮的起床号响过，汽车连连长带领战士们跑操。整齐的脚步声被远处的大楼撞回重鼓似的回音。

连长高大魁梧，他在队伍前边跑边喊："一、二、三——四！"，战士们回应："一、二、三——四！"连长回过身，边退着跑边厉声训斥："咋搞的，没吃饭！都给我提起精神！一、二、三——四！"战士们喊："一、二、三——四！"连长皱了皱眉，还不满意。

连长又领喊了好几次，仍不满意，他回头对战士说道："再不大声喊，回去跟你们算账！"

跑着跑着，连长又喊："一、二、三——四！"，突然听到战士们回应声震天，他惊讶地回身，发现他与战士们已拉开了一段距离，他们在原地踏步跑，脸不约而同地向北扭着，个个精神焕发，满面红光。连长看了看北边的那栋两层小楼，会心地一笑。他走上前，伸伸拇指，接连领喊六遍一二三四，战士们的回应声高亢生猛，阳刚洪亮。后来，连长每次带战士们跑步到这个地方，都要领着踏步跑，喊六遍……

省军区举办迎新春文艺晚会，汽车连的节目是大合唱《一二三四歌》，演唱中，汽车连的战士们面向观众席的正前方，群情激昂，歌声嘹亮，唱到最后，连长领喊六遍一二三四，战士们回应声一浪高过一浪。观众席的正前方坐的是机务连的女兵，她们个个光彩靓丽，青春无限，她们不约而同地和汽车连的战士们一起喊，女兵们一喊，全场的官兵也跟着喊，一、二、三——四！喊得铿锵洪亮，震得礼堂直颤。

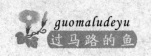

心伤阴阳宅

老牛头爱皱眉，尤其是进家。老伴早去世了，他跟儿子生活，一家四口人住一间房。屋里还是七十年代的家具，儿子和儿媳睡大床，孙子睡小床，他睡沙发。

儿子瘦狗似的，不知哪儿来的熊劲，不隔夜地和胖媳妇干那事儿，破床响得像一群麻雀，老牛头的心钻进了地缝。他心里骂，娘的，就不怕你们儿子听了学坏。

儿子大烟瘾，三元钱一盒的烟一天抽三盒，老牛头心里骂，娘的，不会攒钱买房子？老牛头心里清楚，儿子断烟也买不起房子，他是退休工人，儿子儿媳下岗后在街头卖粉浆面条，一家人不吃不喝也买不起房子。

老牛头老咳嗽，去医院一查，是肺癌晚期，离死还有仨月。

老牛头躺在医院奄奄一息，静等死亡降临。他的耳朵贼尖，听见门外儿媳对儿子说，放家你就不怕小孩儿害怕，不能放家。老牛头认为是说自己的骨灰盒呢，他心里骂，娘的，有墓地，放家干啥。

在最后几天，老牛头神智恍惚，他梦见老伴还是那模样，在向他招手哩。这时媳妇在门外对儿子说，我与公墓联系了，最便宜的也一两万。老牛头一惊，醒了。他竟然坐了起来，下地，披上了破棉袄，大步流星地走出病房，他边走边骂，娘的，我不死了，走，回家。

爸爸的秘密

我爸爸当过国民党军队的俘虏。

"文革"期间我见过写爸爸的大字报，知道我爸爸曾经是解放军的排长。解放战争时期，一次爸爸率领全排的战士执行任务时，被敌人包围。全排的战士牺牲了，我爸爸一人活了下来。大字报说我爸爸不是胆小鬼就是叛徒。

还有一张大字报说是我爸爸把一排战士领到了敌人包围圈。当年我和哥哥羞愧得不敢出门。

每次爸爸挨批斗回家，总是惊人地平静。妈妈给她擦着身上的伤时含着泪问，你为何不解释呀？爸爸说，那么多年轻战士都牺牲了，我能活到今天，受点痛苦和委屈不算啥。爸爸这么坚强，我们全家都相信爸爸不是胆小鬼，也不是叛徒，可为何唯独爸爸活了下来还做了国民党的俘虏呢？

爸爸八十岁那年患了肝癌，发现时已是晚期。我和哥哥在病房伺候他。和爸爸同病房的一个老头也是癌症晚期。他对我哥俩常常是欲说还休的样子，让我们很是疑惑。

一天，那个老头终于指了指我昏迷中的爸爸，伸了伸大拇指。我问他，你们认识？他说，我当年是国民党军队的排长，那次战斗中你爸爸拉响了腰里的手榴弹，抱住我死不松手，结果手榴弹是哑弹，他就被我们俘虏了。哥哥问，你为何不出来作证啊？他低着头说，我是坏分子，谁会信我呀？

亲　嘴

卫红坚决不让我亲嘴。

卫红有一双水灵灵的眸子和一张轮廓优美鲜红可爱的小嘴。那天扬场我被晒晕，躺在寝室休息，卫红过来看我。见只有我们俩，我就想亲亲她的小嘴，她坚决把我的脸推到一边。她说，你这是资产阶级思想。我说，亲嘴咋会是资产阶级思想呀？她说，你想想，旧社会贫下中农吃不饱穿不暖，哪有气力亲嘴呀？我想了想也就是的，就忍了下来。

卫红是我们新建队的女知青，由于她劳动积极思想进步，当上了县里的先进。为了得到她，我玩命地干活，终于当上了县里的先进，赢得了卫红的爱情。

一次卫红到公社开会，回来就眼泪汪汪的。我到她的寝室问情况，卫红告诉我，在公社开完会后，公社李书记把卫红叫到他的办公室，以出席地区先进个人为诱饵，抱着卫红就想亲嘴。卫红挣脱后，照脸给了李书记一记耳光。听到这里，我兴奋地说了句，打得好！卫红猛地扑到我的怀里，我抱着她，忘情地亲了起来。谁知老农队长一头撞了进来，一见这般情景，他回身边跑边喊，资本主义复辟啦！资本主义复辟啦……

这次亲嘴门事件后，我和卫红双双被开除了县里的先进。打那以后我和卫红经常约会在田间地头，轻柔的月光下，我们尽情地亲嘴……

一次疯狂的亲嘴之后，卫红整了整凌乱的头发说，亲嘴应该是无产阶级的……

第二天立春

我和乔乔相爱那年，她上大二，学的是汉语语言。她称我是大文豪，她这辈子非我莫属。

我与妻子协议离婚，妻子死不答应。我找律师，律师说夫妻分居两年以上，视为感情破裂，法院可判离婚。

我开始睡沙发，盘算着睡两年沙发，刚好乔乔大学毕业。

深夜，妻子在大门敞开的卧室不时发出人为的咳嗽声，我想起了她的温柔和善良，内心开始不安。不过我一想起乔乔年轻漂亮的脸蛋，就增强了坚守沙发的决心。

我最疼爱的女儿小学三年级时明显懂事了。那天她问我，爸爸，电视上的爸爸妈妈都在一个床上睡，你为何一人睡沙发呀？我的脸一阵发烧，支支吾吾地说，爸爸打呼噜，怕影响你妈。她用水灵灵的大眼白我一下说，骗人，骗人就不是好爸爸。

自从睡沙发，我数着太阳过日子，眼看就到了分居两年的最后一夜——2011年2月3日，我打开手机的日历表查看，刚好第二天立春，意味着我的新生。

那天晚上，我正在吃饭，女儿大叫起来，原来她把一大碗稀饭洒在了我睡觉沙发的被褥上了，我气冲冲地对她嚷道，你是故意的，对不对？谁知女儿说道，我就是故意的，你只要敢和妈妈离婚我就离家出走！说罢，跑进她的卧室大哭起来。

女儿的言行把我震撼了，那天晚上格外寒冷，我坐在抽掉被褥的沙发上，好像被抽去了灵魂。妻子在大门敞开的卧室发出几声咳嗽，我猛地惊醒了，我站起来，径直走了进去。

遭遇尴尬

　　酒桌上，转业干部张三说，对越反击战后，我调到了北京。当年夏天，我和几个战友到饭店吃海鲜，服务员先上来一盆清水，我又渴又饿，抓起调羹勺喝起了清水。几个战友小解回来见我在喝清水，大笑起来，他们说，这是洗手用的，你咋喝起来了？顿时我的脸红到了脖子根。

　　听到这里，机关干部李四说，我也有类似的经历，刚从农村考上大学那年，寝室的同学买一大串香蕉，给同室的每人掰一个，我抓着不剥皮就吃了一口，谁知又涩又苦，我把吃下的全吐了出来，室友们笑的前仰后合。接下来室友告诉我香蕉必须剥皮才能吃时，我差点拱进地缝里。

　　王五大笑后说，我第一次和女友约会，她给我一片口香糖，那是我第一次吃口香糖，我放在嘴里嚼到最后一伸脖子咽了。见此情景，女朋友笑得喘不过气来。她说，你真是土老冒，口香糖咽在肚里会生病的。当时我羞的……

　　马六没笑，他说，我遇到过最尴尬的事，那一年，我们到基层公安局检查警训，有一小伙子散打很漂亮，他打败了好几个对手。最后我接见了他。走近后我更发现他更英武动人，短发，长睫毛，明亮的眼睛，笔挺的鼻子，刚毅的嘴唇，尤其那身训服下发达的胸肌。我对大家说，散打要有坚实的基本功，你们看这发达的胸肌。说着我伸手去摸他的胸肌，谁知他把我的手轻轻推开说，我是女孩子。顿时，全场哄堂大笑……

真假明星

老刁因穷困好长时间没进过理发店了，胡子头发都长得很长，他干脆把胡子蓄了起来，把头发拢在脑后扎了个马尾巴。

一日，老刁正在大街上溜达，突然，被一个穿着时髦的中年人拦住去路，你是著名歌星马耀天?

老刁 时给搞懵了，他支支吾吾地说，我，我不是什么马耀天，我姓刁……

那人说，你就是马耀天! 你是不是怕别人认出你，故意穿的破破烂烂? 对了，现在名人都追求返璞归真。

老刁不好意思地说，我不是穷么，买不起新衣服!

那人说，马老师真幽默，听说你的出场费五十万元，咋会穷呢!

老刁一听说钱，立刻眼前一亮，便啊啊咦咦地应付着。

他要求和"马老师"合影留念，老刁以有急事为由，婉言谢绝。

他说，马老师，和我们照一张相多少钱，你开个价吧。

老刁硬是厚着脸皮说，随便给吧。

他给老刁一千元钱，合了个影。

那人是一家大酒店的老板，他把那张照片放大后，挂在酒店显赫位子，酒店立刻门庭若市。

一次真的马耀天在那家酒店就餐，指着那张合影相对助理小姚说，你看我当年多么帅气!

新型灭鼠药

王局长家里跑进去一只小老鼠。王局长与它对视过，灰不溜秋的，两只小眼贼亮，一对牙齿锋利。

一开始，王局长买来了香味扑鼻的灭鼠药放在了小老鼠经常出没的阳台上。放药那天，王局长得意极了，他冷笑着看看阳台上那堆杂物，仿佛自己掌握了小老鼠的命运。结果一个星期过去了，灭鼠药一粒不少。

王局长买来了灭鼠笼子放在阳台上，他小心翼翼的把笼子门支起来，里边放了一整根香喷喷的火腿肠。可是，直到火腿肠发霉，狡猾的小老鼠也未光顾灭鼠笼子。

王局长真的生气了！他买来了威力巨大能打断手指的老鼠夹子，上边放了一整块十分诱人的红烧肉。可小老鼠好像对此视而不见。

一天晚上，王局长酒后到阳台上透气儿，不小心吐了一阳台，第二天收拾阳台时，夫人发现了昏迷不醒的小老鼠。

不久，王局长的一项发明获得了国家专利，即新型灭鼠药，配方是：茅台酒，鱼翅，燕窝，鲍鱼，海参……

如此策划

　　王女士的大批"丽女牌"旗袍卖不出去，尽管这批旗袍式样新潮，色泽华丽，尽管顾客被旗袍引诱的脸泛红潮，杏目圆睁，可 A 市的女子个个身材牛腰，穿不上王女士的旗袍。

　　把旗袍退回去吧，苏州那家服装厂坚决不允，这下王女士进退维谷，十分为难。

　　王女士来到金点子公司，向该公司刘经理求招。王女士说明来意后，刘经理沉思了一下便向王女士如此这般地进行了策划，王女士头点得像鸡叨米。

　　王女士举办了一个模特大赛，模特皆穿"丽女牌"旗袍。大赛十分成功。接下来记者对大赛获奖模特进行了采访，当记者问她们为何保持这么好的身材时，她们异口同声地说道，为了能穿上"丽女牌"旗袍，展现自己的丽质，就服用了三个疗程的"丽女牌"减肥药。

　　接下来，王女士按刘经理的策划，在寰宇制药厂订购了大批"丽女牌"减肥药，然后将每件"丽女牌"旗袍搭配三个疗程的"丽女牌"减肥药出售，结果旗袍和减肥药被抢购一空。

　　金点子公司内，刘经理喜滋滋地看了看王女士送来的大捆钞票，又策划道，下一步你把服装公司改办为"肥胖女人俱乐部"，一是仍穿不上旗袍的女子不好意思前去退货；二是 A 市胖女人多，"肥胖女人俱乐部"前景十分乐观。

剪 彩

　　我的手机响了，来电显示是赵村村长赵大头的电话，立刻接过来说，有话快说有屁快放！赵大头说，范乡长，我们村的养鸡场明天举行开业仪式，您来剪彩吧！我说，你们几千只鸡的养鸡场对外竟敢号称几万只鸡，胆儿太肥了吧！赵大头辩解说，都是你逼的！我说，你别嘴硬，明天王县长来剪彩，你看着办吧！说着，我挂了手机。

　　我拨通了王县长的电话，我说，王县长，您好！您好！我是范刚柔。王县长说，我看到了你的来电显示。刘省长看到了你们赵村脱贫致富，发展养鸡事业的信息，明天要来亲自为你们剪彩。你们要做好准备。我一听浑身冒汗，嘴里说，放心吧王县长，我要请全市最好的军乐队，最好的礼仪小姐……王县长打断我的话说，赶快清点你们的鸡到底有几只吧！

　　我正要拨打赵大头的手机，谁知他正好拨了过来。我马上对着手机说，赵大头，你抓紧把马庄养鸡场鸡调过来两万只，明天刘省长要来亲自为你们剪彩！谁知对方说，我是刘玉民省长，现在就在你们赵村长家里。你们搞的是啥名堂？你抓紧来一趟。

双卡手机

　　我的是双卡手机，A 卡后四位尾数是 5454，此卡专对上级,；B 卡后四位尾数是 9999，此卡专对下属。

　　一次酒宴上，我遇到一位上级领导，他问我的手机号，我毕恭毕敬地说，领导，请说一下您的手机号，我给您打上去。领导看了我的手机号后赞扬道，这号好，平平常常的，便于和群众打成一片，克服官僚主义。我最看不惯一些小干部，手机尾号竟然 9999，8888，净充大尾巴狼！我满脸讨好地说，那是那是。

　　还有一次酒宴上，我遇到一位下级，他问我的手机号，我傲慢地说，说一下你的手机号，我给你打上去。他看到我的手机号后赞美道，这号好，一看就是领导的手机号，便于树立权威，令行禁止。有些领导手机的尾号竟然是 5454，6464，也不怕小身份掉架子！我赞许道，这话有道理。

　　又有一次酒宴上，我又遇到一位上级领导，他问我的手机号，我毕恭毕敬地说，领导，请说一下您的手机号，我给您打上去。谁知我一慌张，把 B 卡的手机号打了上去，发现时已晚，我惶恐不安。领导看了我的手机号后却说道，这号气派！在哪搞的？我满脸讨好地说，我的大学同学在市移动公司当老总，这个卡我送给您……

人品识别机

亨特发明了一种高科技仪器，即人品识别机。

试机那天，市长莱恩和很多要员都去了。在新闻媒体的严格监督下，试机开始，首先由法警押解大毒枭彼得进行了实验，彼得从仪器前过了一趟，仪器上方的显示屏幕立刻出现三个字，坏人品。接着，曾在火海里救出三位儿童的荣誉市民劳特大叔从仪器前过了一趟，仪器显示屏幕立刻出现三个字，好人品。人品识别机很灵验，大家一阵欢呼。

市长莱恩即席讲话，他讲到，人品识别机的发明有跨时代意义，我们政界的官员需要好人品，银行家需要好人品，慈善事业工作者需要好人品，全社会都需要好人品。我建议，以后竞选市长议员者，先经人品识别机测试。市长莱恩的讲话引来一片掌声。有位记者说，尊敬的市长先生何不现在就测试一下呢？市长莱恩立即迈着轻快的步伐，笑容可掬地在仪器前过了一趟，仪器上方的显示屏幕立刻出现三个字，好人品。大家报以更热烈的掌声。

在市长莱恩办公室里，市长莱恩对亨特说，你的人品识别机试机大会安排的很有创意，直接导致了我的连任。现在舆论强烈要求总统先生做人品识别，到时候你要用你的遥控器把他的威信降下来，为我下一步竞选总统创造条件。

魔戴酒回收点

　　我的魔戴酒回收点虽小，却利厚。

　　一天，一个年轻人神秘地来到我的回收点，他把手中的两瓶魔戴酒放在柜台上说，老板，外界都说您是真假魔戴酒鉴定的行家，请您看看这两瓶是真的还是假的？我看了看说，假的。我的回收价是假的三百，真的六百。

　　他回头看了看身后说，我不卖，是送礼用的。我说，那就是真的。他说，人家要是看出来是假的咋办？我说，在咱们市，还没有第二个人分得出魔戴酒的真假。年轻人掏出一百元钱递给我说，太感谢您了！您看好，我在这两个酒盒上做了记号，要是有人让您鉴定时您就说是真的，可以吗？我说，可以。

　　几天后，一位妇人来回收点卖六瓶魔戴酒，我发现有两瓶是那位年轻人做了记号的，就对妇人说，这两瓶是真的，真魔戴酒很难遇到，拿回去自己喝吧！妇人仔细地瞧了瞧那两瓶酒说道，小王那孩子真不错！

　　几年后，那位年轻人搬着两箱魔戴酒来回收点。我记起了他，问道，又是来鉴定的？他神气地说了句，卖的！我看了看酒箱子说，假的。他冷笑着说，你骗得了别人却骗不了我！况且这酒是魔戴酒酒厂供销科科长给我送的！我说，市纪委有文件，凡在魔戴酒回收点一次卖两瓶以上的魔戴酒者，必须出示身份证并登记。年轻人说，那就按假的卖给你吧！

顶　替

　　正当我穷困潦倒的时候，一个和我长相一模一样的大富豪找到了我。他吸着雪茄冷冷地对我说，去我家顶替我，我要过一年潇洒快乐的日子。

　　我内心惊呼，世间竟有这等美事儿！我问他，报酬呢？他说，一年一百万。不过你不能碰我太太，我家每个角落都有监控；你若违反，不但得不到钱，我还会找人废了你！

　　大富豪的太太甜美靓丽，光彩照人，这一年我成功抵御了她对我的种种诱惑，终于熬过来了。最后一天，大富豪的太太对我说，这个赌你赢了！一年来你整天守着我，并改掉了好色的坏毛病，今天我就把我继承的一亿元钱打在你公司的账户上，你公司的账号？我说，我让财务人员告诉你。

　　我找到了大富豪，他推开腿上坐的妙龄女子，给我和妙龄女子每人开了一张一百万元的支票。那位妙龄女子是我的女朋友。

　　出来后，我让女朋友拨通了大富豪太太的电话。

第二辑

神探耿毛

佛事轩

我办了一家经营佛教用品的小店，雅称佛事轩。

一天晚上，我正要打烊，闪进来一位中年男子，他浓眉紧锁，黑亮的头发有些凌乱。他镇定了一下对我说，师傅，我，我有件事情想请教您。我关切地看着他说，什么事，请讲。

他问我，敬佛真的能保平安吗？我说，当然。他回身看了看漆黑的屋外，说道，是大事儿，特大的事儿！我托人了，觉得不保险。我说，你在佛堂拜观音时许愿，但平安之后必须还愿！他说，我懂了。您这里能拜观音吗？我说，能。

在佛事轩二楼佛堂，我指导中年男子先燃香，给观音敬上，然后跪在观音脚下拜，之后中年男子合掌，诚惶诚恐地静默许愿。临别，那男子对我说，我一定会还愿的！

十多天后的一个夜晚，中年男子神采奕奕地来到佛事轩，兴高采烈地说，拜佛就是灵，我终于平安无事了！我对他说，心诚则灵！祝贺您！临别，他塞给我一千元钱。

时隔三日，中年男子竟然丧魂落魄地来到小店，声泪俱下地对我说，师傅，不好了！听说那家伙在里边翻供了！你可要救我呀！我说，不要惊慌，你说说你是如何许愿和还愿的。他说，我给观音许的是一万，可我钱不凑手，都怪我心不诚啊！我说，我佛慈悲，你现在把钱补上还来得及，起码可以少判几年。

擦鞋风波

刘总看了看手脖上的浪琴牌手表，离与客人约定的时间还有十五分钟，就拐进了酒店旁的擦鞋店。

刘总把脚蹬在脚蹬上，擦鞋工便开始为他忙碌。刘总瞥见旁边的一位年轻人蹬在脚蹬上的鞋和自己的一样，也是世界顶级的芬迪牌皮鞋，就用鼻子哼了一下。

他们的鞋都擦好了，刘总看了看，觉得那位年轻人的鞋比自己的亮，就对擦鞋工说，再给我擦一百元钱的。擦鞋工为难地说，一百元钱的怎么擦呀？刘总说，我满意为止。擦鞋工高兴地说了句，我保证让您满意！

已经站起来的年轻人重新坐了下来，他对擦鞋工说，再给我擦一千元钱的！刘总瞥了年轻人一眼，对擦鞋工说，再给我擦一万元钱的！年轻人哈哈一笑，对擦鞋工说，下点儿工夫，再给我擦十万元钱的！

刘总的秘书走了过来，见此情景，就趴在刘总的耳边说道，他是马总的公子。马总的身家比刘总多出一个亿。刘总回头对擦鞋工说，你给他擦十万元钱的，钱由我来付！

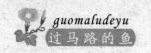

袭　警

在大众男浴池，警察威利看到一个人抓起自己的香皂就用，他走过去拍了拍他的肩膀说，先生，请把我的香皂交出来。谁知那人勃然大怒，站起来照着威利腹部就是一拳，打的威利仰天摔倒在地。

威利恼羞成怒，他走进换衣间穿上警服，坐等在浴室门前。打威利的家伙吹着口哨走了出来，一见威利的打扮，立刻跪倒在地说，警察大叔，我错了，您饶了我吧！威利给他戴上手铐说，我以袭警罪逮捕你！

法庭上，公诉人说，犯罪嫌疑人彼得有犯罪前科，曾被警察拘捕，出于对警察的憎恨，竟然在公共场合袭击警察威利，应判处监禁三年。彼得的辩护人说，我的当事人虽有前科，但是，当时警察威利赤身裸体，没有任何警察标记，我的当事人不会有袭警的动机。

公诉人说，警察和罪犯有种特质，就是不穿衣服也很可能会被对方看出。彼得的辩护人说，让监狱里的三名罪犯赤身裸体参杂在大众浴池，如果警察能把他们找出来，将证明彼得有袭警动机。公诉人说，那好吧。

按彼得的辩护人提出的方案，法官从监狱里弄了三名罪犯赤身裸体地参杂在大众浴室里的顾客中，警局派神探亨特前去悉心查找，结果找出来的都不是监狱里的罪犯。被找出来的一个是银行家亨利，一个是议员奥马，一个是小报记者汤姆。彼得被无罪释放。

节能减排日

对门的王局长敲开了我家的门，他对我说，明天是节能减排日，电视台要去我局机关门前录像，我借用一天你家自行车。

见我犹豫了一下，王局长又说，放心吧，明天你家孩子上学坐我的小车。

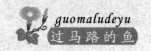
女人心计

我太太一直怀疑我有外遇。这天晚饭后，太太对我说，明天我俩换手机，如何？我知道她在测试我的爱情忠实度，就满不在乎地说，换就换，谁怕谁呀。

晚上，我躲进卫生间，给我每天手机联系频繁的五六个相好发出短信，即明天早上八点以后联系我请拨打……我把我爱人的手机号发了上去。

第二天早上上班前，我和太太调换了手机。谁知她出门后又折了回来。太太对我说，给你你的手机，我不和你换了。我心想，坏事！不过这时通知我那些相好的还来得及。

我太太接过她的手机后匆匆而去。我必须马上给相好的发短信，要不就来不及了。天哪，我的手机打不开了，我揭开后盖一看，电池被我太太卸了！

忠诚的藏獒

我太太不准我和对门女人说话。

对门女人是医院的护士长，三十多岁，长的丰乳翘臀，千娇百媚。她老公很文气，言语不多。

我太太常红着脸对我说，对门狐狸精勾搭的野男人又来了，九点多来的，十一点才走。我太太下岗在家没事，专隔着猫眼盯对门女人。对门女人上夜班时白天在家休息。

一天晚上，对门传来狗叫声和争吵声。第二天早上，我见对门男的在遛一条黑藏獒，黑藏獒狮子似的威风凛凛。这下我太太高兴坏了，她说，我倒要看看那个野男人还敢不敢再来。

第二天，太太去对门借磨刀石，回来后失望地说，对门的藏獒被铁链子拴在了阳台上，看来还挡不住……

一天，我在家写材料，太太过来神秘地说，那男的又来了，还拎一只烧鸡，估计是拉拢藏獒用的。约二十分钟后，对门传来狗的狂吠和男人的惨叫声，我跑到猫眼前，只见一个留着小平头的大汉浑身是血满脸恐怖，大叫着从对门跑了出来。对门女人拼命地拽着狗脖颈，趴在地上被狂怒的藏獒拖到了门口。这时太太跑了过来，把我挤到了一边。看后，我太太激动得掉下了眼泪。

大概三个月后，我太太又气愤地说，对门女人改往外跑了，她八点半出门，十一点才回来，真不要脸。

一天，太太激动地说，对门女人今天出门十点就回来了，裤腿上净

血，一瘸一拐的，是不是她去打野的那家也喂有藏獒。

第二天中午下班，太太难过地对我说，对门的藏獒送走了，男的牵着它出去，后来男的自己回来了。接着太太掉着泪说，历史上的忠臣就是这样被陷害的。

爱情磨合

我缺乏自信，生怕貌美如仙的妻子飞了。

蜜月过后，我来到爱情磨合公司，在咨询室内，我羞羞答答地对爱情磨合咨询员说，我长相一般，也没过人之处，我好不容易追到手的妻子肯定看不起我，甚至飞了。

咨询员嘿嘿一笑说，女人展示容貌，男人展现才华，这一点在爱情磨合期至关重要。我畏畏缩缩地说，关键是我没什么才华。咨询员双目圆睁，他说，伟人大多是演讲家，男人的魅力是能吹，吹得大，魅力才大。

我诚恳地说，我很平庸，没什么可吹的。咨询员鄙视地瞥我一眼说，你小家子气，下一步你就吹你将是国家未来的元首，是亚洲甚至世界首富。我低着头说，我不敢，即便吹了她也不会信。

咨询员轻快地说，这样吧，我们公司研制的大吹冲剂和轻信冲剂是配套产品，已帮不少你这样的男人在妻子面前树立了高大形象。一千元一付。我高兴地买了一付。

晚饭后，我把两种冲剂分别泡在杯子里，正准备把轻信冲剂端给妻子，突然我的手机响了。

接罢手机回来，妻子已经喝下了一杯，从位置上应该是轻信冲剂，我就端起另一杯喝了。不一会，妻子脸色潮红，杏目圆睁。她对我说，你给我听着，不远的将来我将是女皇，你这个平庸之辈赶快从我面前消失。

我跪在地上说，喷。

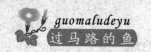

洁白的哈达

　　若兰每一个月都要用特快专递给我寄来一条洁白的哈达。我已珍藏了二十条哈达，再有四条，若兰就要荣归故里。

　　我和若兰是大学同学，也是恋人。我学的是小提琴，她学作曲。毕业后我考进国家爱乐乐团拉琴，她却毅然去西藏支教。她计划边支教边采风边创作，两年里写出一部交响乐《西藏组曲》。

　　若兰有三个月没给我邮寄哈达了。不祥的预感笼罩着我。我与若兰的爸妈联系，刚好他们接到西藏方面的通知，说若兰在拉萨医院病逝了，要家属去一趟。

　　我与若兰的爸爸怀着十分沉痛的心情，乘飞机匆匆来到拉萨。政府接待人员悲痛地告诉我们，若兰在西藏边远地区支教，一天夜里，为了寻找两个因暴风雪迷路没有回家的学生，若兰打着手电，与学生家长在暴风雪中寻找了大半夜，学生找到了，而若兰却因重感冒病倒了。在西藏患感冒是要命的事，当地政府就把她送往拉萨救治。

　　在拉萨医院，若兰的病情一度缓解，然而若兰却沉醉于她的交响乐创作之中，由于劳累，她的肺部又严重感染。她是在完成《西藏组曲》创作的第二天去世的。她的遗物中有四条洁白的哈达。她父亲悲痛地说，若兰去世那天刚好二十四岁。

　　在《西藏组曲》首演仪式上，庄严肃穆的音乐大厅上方飘悬着二十四条洁白的哈达。在波澜壮阔的交响乐曲中，我仿佛看到了若兰飘荡在雪域高原上空的倩丽的身影。

爱情芯片

自从马里奥博士发明了爱情芯片和安装爱情芯片成为F国每个公民的义务后，卖淫行业日益惨淡，包二奶养小三势将成为历史名词。

国家电视台报道了几则令人惊心动魄的案例：几位安装爱情芯片的男女因偷情而死亡。爱情芯片是在国家执法官员的严密监督下，由专业人员在每个已婚夫妇的大脑中植入的。安装爱情芯片后，如不是夫妻而行肉体之欢，男女体温会在瞬间升至六十度，从而导致心脏和呼吸功能衰竭而死亡。

卧室里，实业家莫里斯从一个精巧的手提箱里拿出一个芯片含在嘴里，先握了握情妇的手，感觉没问题。上下抚摸一遍情妇的玉体后，又抱了抱，还是没事儿，就大胆地扑向情妇。事后，他把从嘴里吐出来的芯片交给手下说，按这个样子，加快生产。部下问，生产多少？莫里斯说，全国已婚男人每人一个。

接下来，街道的墙上，路面上，到处都是用油漆书写的小广告：含在嘴里，爱你所爱，高价出售新型爱情芯片。后边是联系电话。

卖淫行业和包养情妇死灰复燃。部下向警察局长詹姆斯汇报开展打击制贩新型爱情芯片活动方案时，詹姆斯隔着衣服捏了捏口袋里的新型爱情芯片，顿了顿说，算了吧，马里奥博士的第二代爱情芯片已研究成功，是植入大腿里的。

马里奥博士收到一笔巨款，汇款人没留姓名和地址，只留一句话：同打虎同吃肉。

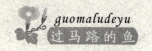
爱人出租公司

这年头，离婚率越来越高。离婚多是男人提出的，据我分析，原因是男人审美疲劳造成的。我瞅准商机，开办了一家换妻公司，公司经营方式就是审美疲劳的男人把妻子抵押在公司，然后，在别人抵押在公司的女人中任选一个，带回家去。每月租金三万元。

换妻公司生意异常火爆，我日进斗金。

一天，一个靓丽的妙龄女子来到我的办公室，我惊讶地问她，你是……?她大大方方地回答，租夫的。我说，我们公司目前还未开展这项业务。她说，我丈夫租你的妻子，我呢，就租您了。我们的租金每个月五十万。我十分喜悦地答应了。

谁知一个月后，我的妻子跟那个魅力十足的男人结婚了，无奈我也同那个妙龄女子结婚了。

新婚妻子对我说，没有租夫这项业务是不对的，具我了解，目前许多妻子对丈夫不满，只是眼下还没有租夫这项业务。我答应了她的要求，变换妻公司为爱人出租公司。

租夫业务开展了几个月，可没有女人来抵押丈夫。新婚妻子对我说，我要当第一个吃螃蟹的人，决定把你抵押出去，公司业务由我代管，不然我们的公司将面临倒闭。我无可奈何同意了。

接着，我的原妻也把他的新婚丈夫抵押到公司，被我的新婚妻子租占。我形单影只地抵押在公司无人问津，变得一无所有。

标 记

王局长在一家新开的野味店请客。

客人李局长给王局长打电话说，找不到野味店位子。

王局长正在点菜，他把手机交给秘书小姚说，来，你给李局长说一下野味店位子。

小姚接过手机，对着手机说，李局长您好！您出单位大门往东，遇到益智书店往北拐，走二百米左右，见红星小学再往东，大约走一百五十米有个书报亭，您就再往北……见雅客书画院后往北五十米就是野味店。

李局长又打来电话，说小姚说的标记不明显，仍找不到野味店。王局长狠狠瞪了小姚一眼，对着手机说到，你出单位大门往东，见销魂捔摩院往前二十米北拐，见美死你歌舞厅往北走约一百米往东，见好妹妹洗头城往前走五十米，您就再往北……见阳哥哥洗脚中心后往北二十米就是野味店。

李局长哈哈一笑说，早这么说我早到了。

春雨的日子

　　莹给我发一条短信：今天是春雨的日子，你来吧，给你一个惊喜！某宾馆某房。

　　我前去赴约。

　　莹把我迎进豪华套房，她衣着华贵，馨香靓丽。坐定，她捧出一精致的黑色皮盒，打开，我的眼前一亮，那是一支昂贵的雅马哈木质长笛，是我做梦都想拥有的。她说，当年我最喜欢听你的《春之雨》，你吹一曲，这支长笛就属于你了。

　　我说，十年了，我一次也没吹过这首曲子，我忘了。莹说，我为当年的选择而悔恨，不过，每年都有一场全新的春雨。

　　我说，可是那年没有，我心里的禾苗早已枯萎。莹说，如今有了春雨，我们可以补种鲜花。

　　我说，我在痛苦中煎熬了九年，去年我的心田补种了庄稼，已丰收在望。莹说，我离婚了，把那棵吃喝嫖赌的恶藤拔了，如今你不但可以种植庄稼，也可以帮我培育鲜花。

　　我说，我不是能工巧匠，只会种植庄稼。莹说，我的公司在上海办了一个室内乐团，你去当团长，我们一起培育鲜花。

　　我说，我的爱人也遭受过情殇的苦痛，我根据我们失恋的感受，写了一曲《秋之雨》，我吹给你听听，也许是最好的回答。莹说，好吧。

　　我拿起长笛，一曲悲怨凄楚的《秋之雨》后，莹泪流满面。她说，谁知爱情的背叛会给人带来这么大的痛苦，真的很对不起你！你走吧，祝你们幸福！

走近我家的小区，我看见妻子挺个大肚子，站在春雨之中正向我招手呢。

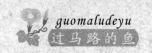

栽

    我和王琳娜是师兄妹，她的太极长拳打得如行云流水。别看她是位姑娘，太极推手许多小伙都不是她的对手。

    王琳娜身材高挑，相貌俊俏，却野性十足。她自幼丧父，继父是个酒鬼。王琳娜十八岁那年，继父打断了母亲的手臂，王琳娜用尖刀挑了继父的一根脚筋，之后便浪迹江湖。

    王琳娜拜江洋大盗"中南锁王"刘魁为义父，深得开启各类门锁及保险柜之真传。加上她精湛的太极轻功，她飞檐走壁，入室盗窃，搅得江南几大都市不得安宁。

    江南富豪王宝山一夜之间被王琳娜盗走价值几百万元的金银珠宝；某国在杭州美术展森严壁垒，却被王琳娜窃走一副价值上千万的油画。某大博物馆一件上亿元的元青花——鬼谷下山被王琳娜探囊取走。公安部下发A级通缉令，在全国通缉王琳娜。

    王琳娜以高超的化妆技艺女扮男装，江洋雌盗在人间蒸发。后来，她却栽在了一个年轻的女警官手里。

    王琳娜重大盗窃案开庭那天，师傅领着我们几个师兄弟前去参加庭审。法庭上，王琳娜神情自若。她申请法官向拘捕她的警官提个问题，法官应允。

    那位女警官娇艳动人靓丽无比。王琳娜问她，我的化妆技术无懈可击，你是怎么看出来的？女警官淡然一笑说，那天我身着便装无意与你打个照面，平时男人们见我后回头率是百分之百，而貌似风流的你却毫无反应有违常规，我就怀疑并跟踪上了你……

狗 妖

一老板养了一条京巴狗，雄性，伶俐而乖巧，老板十分宠爱。这只京巴和老板有着同样的爱好，就是喜爱与异性调情，见了母狗，追撵舐溜，色相毕露，令老板喜不自胜。一天，爱犬暴疾而亡，老板大哭之后，在城郊买了一小块地，为它修了陵墓。

清明节，老板想起了京巴的爱好，顿生一计，他在网上下载了好多京巴狗的贴图，可京巴狗毛长，难分公母，于是，他找人对贴图进行了影像制作，全都添上了花衣裙，假睫毛，高跟鞋，再打印成画，然后，跑到爱犬的陵墓前，把画一把火烧了。那天晚上，爱犬给老板托了个梦，说："主人，你咋给我弄来一群狗妖？"老扳问："咋回事？"爱犬答道："我嗅了，全是公的！"

❧ 出门须知 ❧

下午，王琪下班，掏钥匙打开屋门时就听到里边的电视机哇哇叫。她老公公耳背，电视机音量调得大。

王琪进屋后，在屋里转了一圈，发现空无一人，她叹了一口气说道，这个老头，这不浪费电吗？

第二天上班走之前，王琪大声对老公公说，出门记着关电视。老公公听清了，他很听话，立刻戴上老花镜，在门后贴的出门须知上添上了关电视三个字。

这天上午，所长说抓住了一个盗窃团伙，让王琪做审问笔录，王琪带上笔录纸和水笔，走进审讯室。审讯第一个窃贼时他说，昨天下午在和平小区六号楼四单元撬门入室盗窃。王琪一惊，这不是我家的那个单元吗？

王琪狠狠地插了一句，都撬了哪家的屋门？偷了什么东西？盗窃说，除了三楼一家响着电视室内有人，其它的屋门我们全撬了，共偷了四万多元钱，三个金项链个两枚金戒指。这时王琪头上冒出了细细的汗珠，她想起了自己的枕头下压的买液晶电视的九千元钱。

下午下班，她破天荒给老公公买了两瓶好酒，并亲自动笔把老公公的出门须知最后一条改为不关电视。

婚姻测试

一对俊男靓女挽着手来到我面前，喜气洋洋地说，我们登记结婚。

我问道，你们是自愿的吗？他们异口同声回答，是的。我看了看他们，说，鉴于目前离婚率高，你们必须进行婚姻测试，每人先填写基本情况登记表吧。

他们把填写好的表格交给我，我飞快地把他们的基本情况输入进婚姻测试机。显示屏显示：婚姻寿命三年。我对他俩说，对不起，你们不适合结婚。

男的问我，为何呀？我点击原因图标，边看边向他们解释道，你们两人的性格一栏全填写的是个性突出，这样的夫妻最多三年就要离婚。

姑娘说，把我的改成个性特别突出可以吗？将来我可以支配他。我说可以。

我操作测试机后，显示屏显示：婚姻寿命五年。我对他们说，很遗憾，你们还不适合结婚，原因是男方爱好打高尔夫球，女方爱好为开豪华车，你们将开销巨大，五年后你们家庭将自行解体。小伙子叹了口气，说，把我的爱好改为经销豪华车好吗？我说可以。

我操作测试机后，显示屏显示：婚姻寿命十年。我说，你们还不适合结婚，原因是你们的人生目标一个是富翁，一个是富婆，你们没有家庭背景，到头来只能怨天尤人，家庭难以为继。

他们想也没想就把家庭出身改为官二代和富二代。接下来婚姻测试机一溜绿灯。

他们顺利领取了结婚证。

神捕耿毛

公安部的Ａ级通缉令：通缉连杀十人的犯罪嫌疑人马萧山，悬赏十万元，并附有马萧山的彩色照片。刑警耿毛仔细看了通缉令后，又看了看挂钟，刚好六点整，他立刻脱下警服换上便装赶赴酒宴。

这是同学聚会，税务员刘三对耿毛说，工商税务，喝酒队伍。今天咱比比，看谁先喝倒。耿毛说，喝酒看刑警，越喝越清醒，我可不怕你。同学们见二人抬上了，鼓动他俩用高脚杯碰白酒。两人很识劝，碰了三满杯，皆晕。

耿毛家离酒店很近，同学要送他，他说，我没带枪，没事。耿毛抄小路往家走，结果走反向了，竟走到了野外，一见风，他酒兴发作，一头栽倒在地。又一名醉汉歪歪斜斜地走了过来，被耿毛绊倒在地，昏睡过去。

耿毛被如雷的鼾声惊醒了，定神后他发现夜色下有一人正在酣睡，就用手机的光亮照那人的脸，顿时惊吓出一身冷汗。他就是公安部通缉的杀人恶魔马萧山，耿毛立即从腰里掏出手铐轻松地把他反拷起来。然后拨通局里的值班电话。

局长亲自率人赶了过来，惊喜之余问耿毛抓捕经过，耿毛说，昨天我看到通缉令后就到街上转，心想就是有百分之零点一的可能性也要试一试，当然了，这种工作态度是局领导长期培养教育的结果。谁知我真的发现了他，跟踪到这里时他也发现了我，于是，我们就展开了生死搏斗。他哪里是我的对手，我一拳把他打昏后就把他拷了起来。

耿毛荣获"神捕"称号。

鼠王讲话

夜深人静。

和平小区某住宅楼楼顶密密麻麻挤满了老鼠。鼠王威严地登上一个太阳能热水器的水箱，捋了几下胡须，清了清嗓子，说道，天不早了，我们开会吧。这是一个十分重要的会议，开会者要管好自己的孩子，不要乱窜，影响大会秩序。

鼠王说道，当前，我们与人类的关系问题仍是重中之重的大问题。我们与人类命运息息相关。三年自然灾害，人类缺粮，我们的子民饿死近半。几个母鼠听着嘤嘤啼啼哭起来。鼠王叹了口气说道，十年浩劫，人类把我们与地富反坏右走资派划为一类，大喊老鼠过街人人喊打，我们的子民被打死不少。一个鼠老汉抹着泪说，我爷爷的爷爷的爷爷的爷爷……就是那时被灌进洞里的开水烫死的。

鼠王捋了几下胡须，精神一振，讲道，如今人类改革开放，生活富裕了，我们的生活水平也随之大幅度提高了。我们如今不需要冒生命危险进入人类的住室，光垃圾箱的美食就享用不尽，各种用品应有尽有。会场一下子热闹起来了。有鼠说，我在垃圾箱里一共捡到过三只完整的大烧鸡。还有鼠说，我在垃圾箱里捡到过十个鲜红的大苹果。还有鼠说，我孩子在垃圾箱里捡到过两支钢笔，三十五只铅笔和一个完好的学习机。

鼠王最后严肃地讲道，我们要与时俱进学会健康饮食，在垃圾箱里，不要吃油炸食品，当心地沟油；吃瓜果嗑掉皮以防农药；不要吃人造鸡蛋小心有毒，不要喝牛奶小心三聚氰胺……我的讲话完了，散会。

闻香识贞洁

深夜，我从朋友家喝酒出来，好不容易拦了个的士。我拉开车门进去，一股浓郁的香味扑面而来。我扭头一看，是位的哥。我说，您的前班一定是位的姐。他淡淡地说，不是的。

我说，为何这么香？他兴奋地说，哈，刚才您这位上坐了个女孩，临下车猛劲往身上喷洒香水。

我说，一定是会情人的。司机坏笑一声说，穿戴像是位小姐。我紧接着说，擦这么香，肯定是个鸡。司机撇我一眼说，肯定您是位正经男人，没经过那阵势。舞厅里坐台的正经女孩子都擦这么香，为的是防止坏男人胡搂乱抱。

我丈二和尚摸不着头脑，问道，为何呢？能防得住吗？司机哈哈一笑说，谁愿意惹一身香气回家生气呀？我"唔"了一声。

我打开家门后走了进去，妻子还在会客厅看电视。她看着我，脸上的笑容一下子僵住了，她皱着眉头问我，你干啥去了？我愣了愣说，我不给你说了吗喝酒去了。她的脸色发白，嗓音提高了八度，说实话你干啥去了？你个人模狗样的东西。我有些恼火了，大声说，我就是喝酒去了！

妻子打开屋门，一把把我推了出去，啪的一声关上了门。

这时我才闻到自己身上在出租车里染上的香气。

我变成了狗

我从麻醉中苏醒过来，詹姆斯教授用一团酒精棉球边擦手边对我说，祝贺您，以后您将拥有狗的听觉和嗅觉。刹那间，我听到了他心脏的波动声和肠鸣声。

一下飞机，我就搭的士来到亚细亚超市，虽然我已婚，但我常来欣赏服装柜台的那位女收银员，我深深被她典雅清纯的气质所吸引。我走近了她，看到了她杯子边一样精致的下巴和湖水般清澈的眸子。我的心在狂跳。

突然，我在她身上嗅到了五个男人的气味，我的心一下子跌到了深谷。我咬牙切齿指着她大骂，你是个婊子，你欺骗了我！她震惊而恐惧地望着我，而后尖叫，保安，快来，这里有个精神病。

我被超市的保安控制住，接着被带到警察局。警长迈克是位三十多岁男子，威严而干练，他让部下问我口供。迈克从我身边经过时我嗅到他身上竟有八位女性的气味，我突然指着他大骂，你是个有八个情妇的臭流氓。他眼神中透出慌乱，他对部下大叫，这人是个精神病，赶快送到精神病院。

我指着精神病院院长威廉大骂他是有十个情妇的臭流氓时，他不慌不忙地问我，你是怎么知道的？我说，我嗅到你身上有十个女人的气味。威廉在隔壁屋对手下说，给这人做个手术，清除他的人类思维功能，然后放掉。

修复爱情

我办了一家爱情修复公司，就是利用最新人文科技成果，修复难以弥合的爱情裂痕。

一天，一对年轻的夫妇来到我的公司，男的声泪俱下地称自己是一家公司的小职员，女方嫌他地位低，没钱，想和他离婚。他们支付爱情修复费用后，我立即对女方实行了催眠术，暗示她的老公未来将是大富翁。临别，我送给男的一本书，即《学会三十六计保你当老总》。

几年后，那对年轻的夫妇又来到我的公司，女的声泪俱下地称老公当上了部门经理后，睡梦中经常呼喊他的一个女下属的名字。他们支付爱情修复费用后，我对女的按她老公心仪女人的样子，进行了整容。年轻夫妇皆大欢喜。

又几年后，那个女的单独来到我的公司，大哭着说他的爱人当上了公司总经理，有好多个情人。她支付了昂贵的费用后，我对她进行了记忆干预手术，清除了她大脑中的那个记忆片段。

又几年后，那个女的单独来到我的公司，痛心疾首地说他的爱人已是大富豪，铁了心要和他离婚。她支付了昂贵的费用后，我找到了那男的，出示了我跟踪掌握的他偷税漏税，行贿官员的证据。临别，他对我承诺，决不离婚。

由于我的公司效益好，我成了大富翁。我打算和我的黄脸婆妻子离婚。她对我说，你只要敢和我离婚，我就把你欺骗威逼顾客的小把戏公布于众。再说你自己都离了婚，没有了我这个破招牌，你的公司会有顾客吗？我说，谢谢你修复了咱们的爱情。

医闹儿马大腔

马大腔高个，大喉结，嗓门儿出奇的亮。

马大腔的老娘被医院输水输死了，马大腔找到院长，要求追究责任，医院院长翻着白眼死不认账。马大腔就放开嗓门儿在医院门前哭了两天，哭得医院大楼直颤，哭的医院几乎没有病号。第三天医院就答应给马大腔赔偿。

邻居家孩子患一般性感冒被医院治死了，要求追究责任医院不认，求马大腔去医院门前帮着哭，医院一见马大腔来帮腔助阵，立马答应了要求。这下马大腔出名了。

由于医院管理混乱不负责任，治死治伤治残的医疗事故频出，邀请马大腔助阵的病人家属应接不暇，马大腔一到效果必佳。医院对马大腔恨之入骨怕得要命。

一日，马大腔腿部跌伤严重感染，不得不到医院诊治，后来病虽治好了，却变得莺腔细语。他找医院理论，院长翻着白眼把责任一推了之。马大腔走后，院长奸笑着对部下说，这回我看他还咋闹。

马大腔仰卧在医院门前，把书写着自己看病遭遇的一张大纸盖在身上，马大腔人高马大，躺在那里如一尊卧佛，医院门前人车难行。院长立即对马大腔赔偿并答应帮他治好喉疾。

随着全民普法教育的深入，马大腔感到自己做法欠妥，他学习医疗纠纷法律法规半年有余，后专门帮病人家属代理此类案件，赢的多输的少，委托案件者甚众。

一天，医院院长在大街上遇到了马大腔，立刻翻着白眼仰卧在地久不能起。

智能囚椅

总经理对前来选购囚椅的几个司法人员介绍说，请看，这就是我们公司新研制的智能囚椅。

在他们面前，是一把结构复杂的椅子。

总经理拍了拍椅子靠背，说，罪犯坐上这把椅子后，椅子的心理防线摧毁装置自动开启，五秒钟内罪犯自动交代犯罪事实。

他看了看司法人员怀疑的目光，又说道，别小看这把椅子，它有自动识别装置，不是罪犯的话，随便坐，它就是一把普通的椅子，一旦罪犯坐了进去，它就会关闭机关，使罪犯动弹不得。

总经理越说越激动，你们看你们看，椅子座椅子靠是纯羊皮的，里面垫的是太空棉，典型的人性化设计，坐着舒服极了。说着，他不由自主地坐了上去。只听啪的一声，椅子把他牢牢控制住了。几个司法人员惊呆了。总经理的手下冲了上去，但没打开囚椅。

五秒钟后，总经理惊恐地说道，我坦白，我交代，我去年偷税漏税三百万，贿赂官员一百七十万；前年我偷税……

昂贵滞销的智能囚椅被各地司法部门抢购一空。

后来经司法部门调查，总经理在囚椅上的坦白交代纯属虚构。

座 位

局里有一个不成文的规矩，即培养对象开大会时全坐在礼堂的头一排，头一排一号座位是重点提拔对象。坐头一排的人员名单是政治处定的。

王某被选中坐头一排一号座位，他是在召开全局大会的头一天接到通知的。他激动得一夜没睡好觉。谁知第二天他坐在一号座位不到五分钟，就请假离席而去。接着王某浑身红肿住进了医院。

李某被选中坐头一排一号座位，他也是在召开全局大会的头一天接到通知的。他也激动得一夜没睡好觉。谁知第二天他坐在一号座位不到五分钟，也请假离席而去。李某也浑身红肿住进了医院。

张某被选中坐头一排一号座位，那晚他和妻子忙活了一夜。第二天他坐在一号座位上坚持到了最后。不久张某被提拔为副局长。张某感激地对妻子说，多亏你在我的衣服里安装了一层铁皮。

局长赞美政治处主任说，你把重点提拔对象安排在一号座位上考验很有创意。政治处主任嘿嘿一笑说，想当领导，连同样要求进步者嫉妒的目光都应付不了怎么能行？

买　烟

　　刘瑞烟瘾不大却难戒，他每月的工资全交给妻子，香烟由她负责供应。

　　刘瑞家住的是妻子单位的家属楼，楼下就是一个小烟酒店，可妻子从不在那里买烟。

　　一天晚上，单位的同事来串门儿，刘瑞的烟刚好抽完，妻子不在家，他只好到楼下小烟酒店买烟。胖胖的女店主满脸惊诧地问："晓晓她爸，你当法院的庭长也买烟抽？"

　　刘瑞哈哈大笑，他说："庭长咋了？不买烟就断烟！"

　　妻子回来听说了这件事后，到小店里对店主说："我家老刘当庭长，送礼的全送软中华，吸烟有害健康，我不让他吸，拿过来我又都送人了。以后你别卖给他烟。"

　　刘瑞听说这件事后，和妻子狠狠地吵了一通。他说："我们明看清清白白的，你咋自欺欺人拿屎盆子往自己头上扣呀？"妻子恼火地说道："我们公司的王副经理自己买烟抽，就有人背地里说他是窝囊蛋，没本事。外边知道了你当庭长还自己买烟抽，让我咋在单位混？你不嫌丢人我还嫌丢人的呢！"

　　刘瑞说："行贿受贿才丢人呢！"妻子说："你光荣你的，反正我不许你在楼下买烟。"

　　不久，刘瑞当上了全市的廉政标兵，他的先进事迹在电视台多次播出。一天，市纪委书记，检察长，法院院长亲自登门来慰问，刘瑞的妻子高兴坏了，她喜气洋洋地说："领导们先坐，我到楼下给你们买盒烟。"

诚实守信丸

王厂长花了十年心血，终于研制出了诚实守信丸。诚实守信丸吃下肚五分钟之后，即便是再奸诈的商人，也会变得诚信厚道。它一上市，就被舆论界炒得纷纷扬扬，说它将无情地结束商业欺诈行为，开创出诚信守法的商业经济时代。

渐渐地，诚实守信丸成了商业活动的必备之物。商业的一般业务洽谈和重大业务谈判中，双方人员坐定后，先掏出诚实守信丸，然后互相交换，辨清防伪标识后，把药丸用温开水送进肚里，掐着表，五分钟后开始商谈业务。

刘总对诚实守信丸恨之人骨，吃了诚实守信丸之后，诡计多端的他在谈判桌上变成了正经商人，买空卖空，指山卖磨，乘人之危之绝技离他远去，公司的进项大幅度降低。想到这些，他就脱口骂道，该死的诚实守信丸！

刘总在电视上看到魔术师马刚能把几个小蛋丸时而变没，时而凭空又变了出来后，灵机一动，立即坐飞机找到马刚，出重金拜马刚为师。拜师仪式是秘密进行的，那天马刚喝醉了，他对刘总说，我知道你拜师的目的，看透不说透，还是好朋友。你这个人太老实了，好多老总早就拜我为师了。

洗人机

徐教授集大半生研究之精华，发明了洗人机。

一天深夜，一位穿戴高贵的中年人敲开了他的屋门，进屋后那人惊慌失措地说，徐教授，请您赶快把我洗洗吧，不然我明天就要入狱。

徐教授慢条斯理地交给他一张洗人协议书，说，不要惊慌，你签字后方能进入洗人机，请您看仔细了。那人急匆匆地看了协议书后，难过地说，这样的话我的金钱和地位全都洗没了？

徐教授肯定地说，是的，你从洗人机的出口出来后，你就变成了另外一个人，一个一贫如洗的乞丐。

那人用双手擦了一把脸上的汗，问道，你能不能把我洗成一个商人？我不会让您白洗的。说着，那人从口袋里掏出了一张卡，这是我在银行存的三百万元，密码是……。

徐教授笑嘻嘻地接过卡，说道，你还算聪明。那人谦恭地一笑，不好意思了，轻车熟路。徐教授调整好按钮后，那人满面春风走进了洗人机。

洗人机的出口处是一个大厅，大厅里有几个警察手里拿着照片拦住了那人，王继尧，你涉嫌商业诈骗被逮捕了，请跟我们走一趟。那人争辩道，我被洗成王继尧还不到十分钟。带队的警察说道，你洗成了王继尧，就该顶罪。真的王继尧洗成了乞丐，出来不到一个星期就饿死了。

第三辑

人生五味

一颗糖果

妈妈到处寻找我。阴沉沉的天上没有星星和月亮，妈妈拿着麻杆火照路。

我听见妈妈的喊声，但我不想答应妈妈，担心暴露了自己。

妈妈又在大声喊我，带着哭腔，回响在春夜寂静的山村。

我倚在他人门角的黑暗里，注视着床上的一男一女。

今晚是这对新人的洞房花烛夜，木箱上的灯光闪悠悠的。

他们怎么也不会想到，小小的我会从虚掩的门缝溜进来了。

他们说着悄悄话，有时发出咯咯的笑声，我太小，不懂。

但伴随他们的笑声，妈妈的喊声越来越近。是不是妈妈找来了？激动的我碰倒了门边的酒瓶，吓着了床上的男女。他们赶紧起来，愣然发怔地望着刚满六岁的我。女的问我想干啥？我说想要一颗糖果，别的小孩都有，唯独我没有。女的拿来两颗糖果，给我时，被男的夺回去一颗。男的说，像我这种家庭的小孩，一颗糖果就够了。

是的，我只希望拥有一颗糖果，那样，我就是世界上最幸福的孩子。

但我高兴地跑回家时，我的心揪紧了，我担心妈妈会打我，可是磕破额头的妈妈没有打我，见我手里攥紧的糖果，就抱紧我哭起来，一边哭一边埋怨死去的爷爷，为什么解放前要当国民党的团长？

变　脸

　　小马询问年轻值班员，刘福在吗？值班员的惊诧也让小马产生惊诧。

　　郝县法院有三个刘福，院长、职员、和一个贪污玩情人的提审犯人。

　　见小马脸膛黝黑，衣服油污，值班员便追问小马是提审犯人什么人？小马懵了，赶紧拿出照片请值班员核对，一核对，小马就被值班员热情地倒茶赐坐。

　　原来，刘福当上郝县法院的院长！

　　在值班员乐颠颠去告诉院长时，欣喜的小马却在心里感激妻子，是妻子在他出门时要他带着刘福的照片，说在郝县打工遇着了棘手事，方便找刘福。

　　但刘福来后，没有带给小马想象中的惊喜，而是在小马介绍时肚子越挺越高，胖脸越来越冷，最后冷得像冬天的雪，离开时，脸上表情仿佛法院大楼的墙壁。

　　而小马，被值班员轰走时犯人一般的狼狈。

　　一团火窝在小马心里燃烧着，难受的小马几天后回家撒在妻子身上。

　　有关刘福的事都是妻子告诉小马的，说刘福是妻子姨妹妹的爱人，当年结婚时妻子是伴娘，并凑足一百元人情钱祝福他们，那时一百元顶现在一千元啊。还有妻子跳进水沟捉鱼回来烧给刘福吃，寻一个山坡再寻一个山坡挑野菜回来包饺子给刘福吃，用一分一厘的角票凑足刘福回家的路费，等等，都让刘福用冷脸回避了。

　　小马说完了，希望妻子安慰一下他窝火的心，但妻子垂泪说出的是埋怨，埋怨小马是榆木疙瘩的脑筋，不会在得知刘福当上院长后溜走……

钓　鱼

在家里，刘乡长瞧了一眼李村长，转过脸望门外。大门朝东，是个晴天，灿烂阳光射到堂屋地面上。此时，刘乡长正注视李村长脸上表情的变化。李村长却回避刘乡长询问的眼神，那眼神太具渗透力。

刘乡长说，老李同志，胡乡长被"双规"了，你还怕什么？难道担心他卷土重来报复你？我不信，你平时耿直大胆，如何一下变成麻雀胆？这话问过多遍，李村长却始终不承认自己是那举报人，说男人砸扁了也不是女人。

刘乡长说，我硬是搞不懂，你平时铁汉铮铮党性强，突然间怕啥？纪委小吴在旁边插话，请问李村长，能举报如此清楚，捏准胡乡长死脉，打蛇打到七寸，除了你还能有谁？

李村长辩驳，我不会放火又扑火，成心钓胡乡长的鱼。刘乡长便追问，不是你，为何举报电话是你家号码？

刹那间，李村长脸色陡变，眼睛睁得象牛眼，低下头。接着，李村长挺起胸膛说，对，是我举报的，不"双规"胡乡长，天理难容，他吃喝嫖赌，贪污受贿，打麻将一晚上输一万，脸不红心不跳，哪来的钱？

刘乡长就笑了，说，这才是真正李村长嘛，为何做好事要隐藏自己？

李村长正眼注视刘乡长说，还是不说为妙。刘乡长偏要打破沙锅问到底。李村长清清嗓子，大声说，这招是留着对付你刘乡长的，你若是步胡乡长后尘，我再钓你的鱼！

刘乡长嘴巴大张开，半晌说不出话来……

心　计

七个人住在宿舍够挤了，新来的小王住进后人满为患。

小王从我们脸上不快的表情，已经渗透到我们的心理活动。

这晚，小王热情地给我们一人递上一支烟，要把他的故事讲给我们听。我们也想听，知己知彼后才好在一个宿舍相处。

正襟危坐的小王清清嗓子，扫了一眼说，我这人不爱吹嘘，更不爱抬高自己，二十八年的岁月没做惊人之举，是普通的平凡人一个，但有件事多年过去了还记忆犹新，仿佛发生在昨天，无数次想忘，越想越是忘掉，而且在脑子里越刻越深。有时，一想全身就起鸡皮疙瘩，惊悸的心跳到嗓子眼。我到现在都不信那件事会是我干的，你们现在扒破我的脑袋，给我十万元现金，同时把你们七个人的胆都借我，我也不敢做。但那时不知天高地厚，我做了，做得干脆漂亮。记得那是冬天，灰暗的天空飘舞雪花，我做完后疯狂奔跑，几次跌倒雪地里又爬起来，对你们老实说吧，人只有今生，没有来世，该出手时就得出手，妈的，我当时的心情就象六月喝凉水……

小王究竟想讲什么故事呢？我们面面相觑，睁大眼睛急切地期待着。

见吊足了我们的胃口，小王才把左手举起来亮给我们，灯光下，赫然失去一根小指。小王解释道，这根小指是被人砍掉的，但我砍掉了那人一根大指！

霎时，我们都吓得脸色惨白，倒是小王，在我们的惊吓中发出了鼾声……

猎 手

　　李村长匆忙地冲进何嫂家，催促何嫂赶快杀鸡，不杀母鸡杀公鸡。说镇长几个小时后来村里慰问并吃午饭。何嫂烧菜的手艺在村里有名，村里招待客人都选在她家。但桌子上不能光有一碗鸡，李村长就跑到屋侧面的羊栏边，猫眼一样地瞅着一只羊，叫何嫂宰羊，不宰大羊宰小羊，再烧"磨菇小鸡"和"干兔子"，听说刘五家昨天捉了一只刺猬，拿来；听说张三家前天打死了一只黄鼠狼，也拿来，不过要用鼻子好好的嗅嗅。李村长吩咐完就去备烟酒，等他回来，何嫂已准备就绪，桌中间的火锅喷出一股股的浓香。

　　但听见镇长在屋后面摁响小车的喇叭时，何嫂吓得一脸慌然，催李村长快去请翠，白脸长身的翠是村里第一大美女，一位富公子曾拜倒在她的石榴裙下。李村长翻着一对白眼吼道，你把领导想成"渣滓"呀？何嫂说，我看电视上的领导都喜欢美女陪酒。

　　李村长张嘴正想说什么，镇长这时在屋后催他快上去。镇长说今日不想慰问和就餐，只想打猎。镇长戴着一枚黑色的眼镜，手握一把黑枪管的猎枪，神色和模样纯粹活脱脱的一个猎手。突然，镇长在山坡上发现一只黑色的猎物，马步瞄准，"嗵"地放上一枪，猎物应声倒地。喜笑颜开的镇长就催李村长快去收敛战利品，可李村长跑到跟前一看，却是何嫂家那只全身黑毛的山羊……

领导要来慰问

接到村长的口信，小马就激动。村长说，乡长明天来慰问小马。小马在 N 市打工，做了一件舍己救人的事，上了 N 市的报纸。乡长深思熟虑后，打算做大做强小马这篇文章。

小马自然感动了，感动的小马就想笑，就转圈儿。

为了做好接待工作，小马杀了家里的鸡，宰了家里的羊，从街上买回牛肉王八后，就请人平整屋场子，在场子上撒了不少的水。

但是，乡长这天没有来。见时间过了中午十二点，着急的小马跑到村东公路上去等，等的头上冒汗，最后只等来小耳朵的村长。

村长很抱歉，说乡长看了报纸后不来了。

来慰问与看报纸是什么关系呢？小马皱眉，脑子里全是被人当球踢的感觉。

小马不能着急，着急就看天，此时的天空上，飘着几片云，悠悠地飘荡。

乡长怎能说话不算数呢？小马坐上摩托车，来乡政府找着了乡长。可乡长见到小马后，仿佛如临大敌，赶紧躲避到房间里面。

小马莫名其妙，就大声喊乡长，但乡长就是不出来，并在里面用肩膀死死地抵着房门。小马不但尴尬，还失望，于是出来询问食堂的老师傅。师傅不回答小马的提问，还反问小马是不是 N 市在流行一种传染的疾病？

小马赶紧摇头，说谣言，典型谣言，刚从那儿回来的我不是好好

的嘛？

　　小马忍不住笑，但笑着笑着突然缄了笑，明白乡长的举动了。

　　很快，小马的脸色变得凝重，倘若遇到舍己救人，乡长又会怎样呢？

　　小马不敢想这个问题，心里揪着一个不解的疙瘩……

牌 子

M 公司的牌子立在车间楼顶上，昨晚被雨淋倒了。

刘总找来负责这事的办公室主任发脾气，说别家公司的牌子为什么不倒，单单 M 公司的牌子倒，冬天倒在北风中，春天倒在和风中，昨夜倒在小雨中？刘总要主任说出倒的原因。

主任犹豫着不想说，见刘总拍掉了桌子上的玻璃杯，才说出实情。

主任说，每次都是王飞承包做的牌子，我以为你早知道的。

王飞？为什么会是他？为什么不早点告诉我？刘总脸上像抹上一层锅灰。

主任说，不是我不想早点告诉你，是你家嫂子特意叮嘱我不要把这事告诉你，一切由她兜着。

她兜着？刘总气得脸色铁青，马上坐车回家质问妻子。

刘总说，明知公司不是我一个人的，你这样做不是在拆我的台吗？

妻子说，你不要坐上龙椅忘了将士，今天你能坐到这个位置，多亏小舅子当年筹款帮你入股。他如今在你名下赚点小钱，你还说三道四，你说得出口吗？

刘总说，你怎么只帮小舅子说话，不替我着想呢？

妻子冷笑地说，替你着想？你跟美女跳舞时替我着想了吗？

刘总脸发红，脸红的像鸡冠，额头冒汗……

娟　秀

娟秀央求司机帮忙。司机是个热心人，给娟秀的母亲安排了最好的座位。

母亲说，我已坐上车了，没事了，你上班去吧，免得单位的人等着。

娟秀脚步不动，说跟母亲有不完的话，想多陪陪母亲。

但母亲跟她说话时，娟秀似听非听，此刻氤氲在她瞳孔里的，都是小时候母亲给她摘下的南瓜花，小时候母亲背她上学时淌过的小河。

母亲跟娘家弟弟一起住在乡下，想到以后与母亲见面机会少，娟秀眼角定格着一丝离别的痛楚。

接着验票，娟秀下车。娟秀站在窗口下，颀长的身影在秋阳上印得长长的。

娟秀叮咛母亲，要保持手机二十四小时畅通，记着经常充电。

在班车开动的瞬间，娟秀说出了等候在此的秘密。

原来，娟秀将二千元钱卷成一个疙瘩，塞在蓝包的最底层。

母亲刷地迸出眼泪，赶紧折腾蓝包找钱，但班车已经开走了。

出嫁十年了，母亲从不要娟秀的钱，心疼娟秀每小时只有三元五角钱。

娟秀一直揪心这件事，觉得对不起母亲，今天终于满足愿望了。

但娟秀哪里知道，班车挡风玻璃后面的母亲，此刻没有一丝开心……

醒

佩玉结婚后就后悔了。

这天，面对落日的余晖，佩玉有一种想哭的感觉，后悔当初结婚的草率。现在，佩玉明白了，男人在婚前说的话都是假的。男人说，以后用自己的双手，托起佩玉后半生的幸福。这句话让佩玉数夜难以入眠，站在月光下，月光映着佩玉的脸，佩玉也将喜悦渗透在融融的月光里。

但男人怎么会变呢？这个问题，已经困扰了佩玉二个月。

同时，佩玉也多次当面质问男人。

男人的眼睛睁得好大。男人说一点没变，是佩玉婚后多疑了。

男人说这话，是男人看见佩玉常常面对前妻遗像发愣一般的思索。

又一天，佩玉回家便哭，男人追问原委，佩玉说她了解清楚了男人前妻死亡的真相，是男人对前妻不好，男人和善的外表下隐藏着龌龊的内心。

真相？男人惊悸似地反问。接着，男人猛烈地抽烟，最后出去了。

回来时，男人只说了一句话，我们分手吧。

佩玉没说同意，也没说反对，郁郁回了娘家。

但几天后佩玉突然回来了，对男人说是她错了。

男人问佩玉错在什么地方？佩玉说，她现在真正清楚男人前妻死亡的原因，是突然死于心肌梗塞，出殡前，伤心的男人每晚陪着死亡的前妻。

男人反问佩玉，为什么先前要相信那个人说的话？

佩玉无语，眼前是那个臭男人的脏手伸进她的胸际……

理　想

小马是个理想主义者，高中时，眺望天上的繁星，理想是将来当一名科学家；大学时，理想是拥有一位美丽的女电影演员当妻子，还渴望在省城有一套大房子，漂亮的，洋气的。

但理想不是现实，现实是，小马每样理想的破灭，都让小马黯然神伤，耷拉的脑袋抬不起来。

一晃到了二十八岁，理想的小马还站在婚姻的殿堂外。不是小马没有女人缘，是那些年轻的姑娘，听到小马谈理想，就弃之而去。这让小马非常苦恼，理想有错吗？

有一天，小马追问弃他而去的姑娘。姑娘说，理想是虚的，生活过日子，要实在。

小马明白姑娘的意思，但细想，小马又是迷糊的。小马开始在书籍里寻找真谛。一位大师说——人没有理想，活着无异于一个没有灵魂的躯壳。这让小马死灰的理想，一下子又复燃了。小马坚信，终有一天，一位天仙般的姑娘，会投入他的怀抱。

还别说，一位美丽的姑娘，在小马三十岁这年，与小马姗姗相遇。

小马的高兴不用说了。为了第一次见面给姑娘一个惊喜，小马又进行理想化了，他给姑娘送了一串的玫瑰。按理，玫瑰越多，表示的诚意越大，但姑娘认为小马是故意戏弄她，噘着嘴巴跑开了。

这次，母亲埋怨小马说，儿子，你什么时候脑筋清醒一点啊？

小马痴望着母亲，不知道自己错在哪里。

"小小说"

他对文学有一种天生的爱好，喜欢读小说，同时也爱好写作小小说。

他曾对人说，小小说是小说中的战斗机，是文学画廊里一枝美丽的山楂花。闲着没事了，他就坐在电脑前开始敲打"小小说"，有时一晚上敲打一篇，有时一晚上敲打五篇。当敲打的"小小说"定格在 A4 纸上时，他欢乐的表情改变了他的形象。

说实话，他水平不高，也缺乏文学的鉴赏能力，但他对自己的"小小说"分外珍贵。

为了能让这些"小小说"见诸报端，他找到他最好的朋友，一个经常在餐馆出没的朋友。有一天，朋友酒后看他的"小小说"，朋友险些惊倒了，声称他的"小小说"将来都是文学史上的杰作，并拍胸脯，要发，一定要发！他喜得险些晕了，并与朋友握手立盟，说每发十篇，就把朋友请到迎宾楼嘬一顿，不把西天的夕阳看成朝霞不归。

结果，他的"小小说"都登载在一份拥有人口三十万的市级晚报上。

从此，他走路挺起了胸腔，看人时亦斜着眼，说话时提高了嗓音。

他变成了一位"作家"。有一天妻子对他说话不恭，他将一个玻璃杯掷在妻子的脚前。

伴随着妻子的哭声，朋友给他报喜来了。但朋友最见不得他美丽妻子的哭，觉得那是一根针在刺着朋友的心。为了打压他的气焰，朋友说出了他"小小说"发表的实情，在那家报社，朋友的大哥是主编。

"嗵"的一声，他倒在地上，这回真晕了……

相　见

他怕见那个男人，但男人这天偏偏朝他家里走来。

但愿男人是路过，他赶紧关上了房门。

陡然间，他想起了十五年前发生的事。那是大年三十，天下大雪，他来男人家收欠下的瓦钱。那时男人结婚不久，贫困桎梏着男人幸福的婚姻生活。男人给他说了一箩筐好话，他始终是一张冷脸，就像屋外的雪花。外面的雪越下越大，他走时提走了男人的年货。

那晚，男人聆听着妻子的哭泣，站在雪地里望着灰蒙蒙的天。

敲门声打断他的思绪。他听见男人在门外说，我看见你在家，你不开门，我会站在门口不走。

他只好开了门。但他误解了男人，男人不是冲他说歹话来的，而是给他一张友善的笑脸。男人带来了贵重的礼品，上面的福字映花了他的眼。同时，男人握紧他的手，男人的白手攥着他粗糙的黑手，他感觉很重，却舒服。他渴望脚下骤生一个让他消失的窟窿。

男人现在是老板，拥有自己的公司。这让他有一种自惭形秽的感觉。他嘴张着，却找不到跟男人合适交流的语言

男人诚恳地感谢他当年的苦苦相逼，让男人能够立志图强。男人最想感谢的人除了父母和妻子就是他，他是男人人生成功的催化剂。

他此时低着头，全身都是惭愧的感觉……

风雪中

他走在风雪中。

今年腊月二十八的风雪，较往年大多了。北风卷着飘舞的雪花。

雪很深，他走得很慢，每一步落下去，公路上就出现一个雪坑。

他要小心，不是为他，是担心骑坐他颈项上的孩子。孩子九岁，小脸冻得通红，头上戴着一顶遮挡风雪的冬瓜帽。孩子的两手抱着他的额头，他的两手紧捂孩子的两腿。

一个大大的红红的蛇皮袋挂在他的肩上。袋里，是孩子自个挑选的东西，过年的新衣服，玩具，小塑料自行车，等等。

突然，他问孩子，我走后，妈妈打过你吗？

孩子说，打过，妈妈的手好重，那次打红了我的屁股。

为什么？他站在风雪里不动。

孩子说，妈妈在看村长送来的信，我玩火时不小心弄烧了。

孩子还说，那晚上妈妈哭了，半夜里还坐起来看他的照片。

他把孩子往上抖动一下，地上的白雪映着他脸上的笑。

看见家的屋顶了，烟囱里冒着袅袅的炊烟。屋侧面，伫立着一位红衣服的女人。他的视力模糊不清，倒是眼尖的孩子，大声喊着妈妈！

女人朝他们走来，快到他们跟前时，他突然倒在了雪地里。

悲剧，就定格在那一瞬间。当面包车撞过来时，他用尽全力甩出了孩子。

　　孩子无大碍，倒是他，倒在雪地上血肉模糊。

　　女人抱着他嘶叫，女人说，为什么七年前你要救下我？为什么你要走进我的家当孩子的继父？都是我害了你！女人的恸哭回响在茫茫的雪野……

碑 前

又是一年清明节，陵园里，石径、万年青、松柏，还有芳香的月月红，静静无语。

望着纪念碑下方那个"恩"字，顺子想哭。"恩"是哥的小名，父亲给哥起这小名时，希望哥长大后懂得报恩，哥报了，牺牲在"中越自卫反击战"的战场上。

刮来一阵风，挟着潮湿的雨意。抬头时，顺子见到一个似曾相识的人影。

是她，1980年他们在此第一次邂逅，以后的三十二年中，他们多次相遇在这种特殊的场合。她老了，头上生有星星的白发，脸上刻着岁月的苍桑，昔日的美丽吞噬在无情的时光里。

莫非她也失去了亲爱的哥哥？这次，顺子鼓起勇气跟她搭讪。

她瞧了一眼顺子，情不自禁地从鱼尾纹的眼角滚出泪滴。

接着，她把眼光再次投向碑的下方，表情伤感，半晌后郁郁地说，我告诉你吧，我失去了我最思念的人，在那个寒冷的冬天，他救过我的命。他小名叫恩，是一位真正的英雄，生前是党员，副连长，牺牲时仅仅二十四岁。1979年他向我保证，教训了越南鬼子后与我结婚，可他没有兑现诺言，牺牲时，鲜血染红了我的一张他天天揣在身上的照片。对不起，我一激动，不该说的都说了。她显得很尴尬，赶紧离开了，走了很远还回头凝望高高矗立的纪念碑。

哥生前，曾在部队恋爱了一位女军医，难道是她？

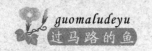

她

　　只要天气好，她每天都会走出军营。她是军官家属，丈夫是连长。她下楼时脚步轻盈，与她轻盈的身材相协调。每次都带一本书，她曾是小学老师。有时把书挟在腋下，有时拿在手里，不是阅读，大部分时间她垫着坐。

　　坐在山顶，书托着她鸟瞰不远的城市，还有山下连绵的国道。国道连接她的家乡，那儿有一条美丽的河。早晨托腮看朝霞时，她想到的是娘，娘踏着露珠走去责任田。傍晚看落日时，她想到了爹，爹牵着黄牛走在落日里。

　　丈夫早看出她的心神不安，多次想问又缄口了。这天，丈夫突然问她，她摇头，望丈夫微笑，说在军营跟丈夫一起生活最幸福。读高中时，她渴望嫁给一位军人，丈夫走进了她的心灵世界。她笑时好看，特养眼，丈夫喜欢看，但丈夫从她美丽的眼睛里看出了盈盈泪花。丈夫准备揩她眼角的泪，她自个揩掉了。她也喜欢看丈夫英俊的相貌，她看着，粉脸靠近丈夫的肩头，秀发在风中拂动。

　　这晚她给丈夫煮饺子，是丈夫爱吃的家乡风味。

　　这晚月光很好，秋夜的月光总是那样皎美。她又想起家乡的河，河里有月光。

　　突然，她的小手攥着丈夫的大手。她说，我想回一趟娘家。

　　丈夫拥着她，拥得很重。城市那一方，响着火车的鸣声……

半碗饭和一本《辞源》

他的脑海里，经常出现半碗饭和一本《辞源》，搅动着他的心灵。

它们会让他想起苹果场的岁月，在那儿，留有他两年的青春足迹。

那是个激情的年代，他遇到一位好心的女孩，大他一岁，是苹果场的炊事员。

女孩在他眼里，是世上最美丽纯真的女孩，凝脂一般的肌肤赛过天山的雪。

那时他只有两个愿望，一是吃饱肚子，二是拥有一本厚厚的《辞源》，他酷爱学习。每次在新华书店摸过《辞源》，他回来做梦都能闻到书页的墨香；每次定量吃不饱，他就坐在住地的竹林边凝视远处的稻田。

终于有一天，他埋头吃饭时，女孩将自己那份饭朝他碗里拨了一半，以后经常如此。

女孩拨饭给他时解释，说她没有在碗里动过筷子。他被女孩感动得热泪盈眶。

就在那天半夜，女孩把他叫到竹林，送给他一本厚厚的《辞源》。他清楚，这本书花费女孩一个半月的补助，那时每月补助才区区三元钱。

女孩走了，踏着皎洁的月光，而他，在竹林里一直坐到东方出现晨曦。

那晚，他在心里暗暗发誓，将来一定娶女孩并钟爱女孩一生。

后来苹果场解散，后来他在恢复高考那年考上大学。

上学前夕，他向女孩表白心迹，女孩拒绝了他。女孩说，她永远把他当成亲爱的弟弟。他马上攥紧女孩的手，情不自禁地喊姐姐，接着泪水模糊了双眼……

摔　碗

　　她刚上夜班回家，丈夫就在她面前摔碎了一只碗。她睁大眼睛地望着地板上碎裂的碗，愣怔地说不出话，觉得碎裂的不是碗，是她的心。

　　结婚几十年，丈夫冲她摔过两次碗，今天是第二次。第一次是刚结婚的困难时期，她因为心疼丈夫，致使一张白脸变成了黄脸，丈夫因此摔碎碗。

　　那次摔碗后，丈夫后悔了很长时间。

　　而今天，丈夫摔碗后不显一丝后悔，脸色却难看。

　　刮进来一阵风，是秋风，拂动她的头发，四十九岁的她已经生有许多白发了。

　　她很累，上夜班让她的身累，丈夫摔碗让她的心累，塌陷的眼眶里有泪珠儿要掉下来，又没掉。

　　她拦住出门回避的丈夫，要他说出摔碗的原因。丈夫不说，她再逼。

　　丈夫于是大声吼她照镜子，丈夫的话镶嵌在镜子里。

　　然而，她在镜子里除了见到自己枯黄的脸，还是枯黄的脸。

　　突然，她醒悟过来，抓紧丈夫的衣襟，恨丈夫嫌她变成了黄脸婆。

　　丈夫摇头，悲苦地摇头，只好再说那句劝慰的话，说的次数记不清。

　　丈夫说，家里有房有车不缺钱，你何苦想上夜班赚钱？你累垮了，我晚年咋办？

　　她又用"人怕老来穷树怕老来空"来搪塞，说的次数同样记不清。

　　她说完，坐在椅上热泪盈眶；丈夫瞧着屋外的秋阳，再想摔碎一只碗……

交朋友

她爱好交男性朋友，以此为快乐。但丈夫心里滴着血，有一天，夫妻俩发生争吵，丈夫朝她举起了拳头，可拳头停在空中，半晌后落在他自己的身上。

丈夫心疼她，缘于丈夫比她大十岁，不想她的细皮嫩肉出现破损。心目中，丈夫当她是一幅画，暗地又防止此画被别人欣赏，多次偷偷留意她，没发现破绽后，才轻松一口气，心也安了。以后丈夫信任她的爱好，就像有的女人嗜好购物。

但有时，她与男性朋友一起打牌，回家晚了，丈夫也会将黑瘦脸变成霜冻。

她安慰丈夫说，你放心，我不是你想象的那种轻浮女人，我交往的那些男人不是社会沉渣，懂时尚有素质。丈夫无语，认为是自己心胸狭隘。

这天打牌赢了钱，她傍晚回家时，拎回了卤鸡卤鸭。见儿子快乐地啃着鸡腿鸭腿，丈夫舒心地啃着鸡脖子鸭脖子，她欣喜，笑出满嘴的白牙齿。

她得意地说，这年月，好多男人发疯了，视钱如粪土，他们不珍惜，俺珍惜。

但是，几天后她走在拱桥上，一位刚结识的男性朋友，瞅瞅四下无人，突然跪在她的面前，吓坏了她。明白意思后，她一脸慌然，赶紧跑回家，途中跌倒两次，到家时脸色惨白，抱着丈夫痛哭，惊诧的丈夫不知如何安慰她……

隐 情

他已退休，女儿研究生毕了业，儿子考上了公务员，这让熟人见到他，都情不自禁地称他是福人。

但他总是摇头苦笑，总是那句"不死变不成福人"，让人傻眼瞅着他。

不过，他的脸越来越瘦削，就像秋天的老丝瓜，这就引起人们的好奇了。

有人打破沙锅问到底，他总是微笑一下，递给一支烟，然后离开了。

这天，他在妹夫家作客，酒席上，熟人们故意敬他的酒，希望他喝得脸放红光走路趔趄时说出实情，结果他在众人面前不停地冒酒嗝，最后睡在床上成一摊稀泥。

他醒时是第二天早晨，旭日临窗。他睁眼一看，老婆正揪扯他的耳朵，埋怨他不接电话，躲在这儿享清福，留她一人在家服侍外甥女和孙子险些累死。

老婆有个洁癖，两个孩子平时拉屎拉尿都是他给侍候的。

接着他跟老婆一起回家，到晚上，邻居听见他老婆对他的詈骂声，过来劝架时发现，他低头跪在堂屋沙发上。邻居拉他起来，却遭到他的拒绝，他说清官难断家务事，把邻居呛回去了。

第二天，邻居硬是逼他说出实情。原来，他老婆患了一种怪病，以罚他为乐，他因为太爱老婆，故意让老婆体罚他。

借鸡下蛋

老李头在 N 市承包工程，赚满钞票后回村，走路都是挺起胸膛，远看，就像一个临盆的妇人。老婆说，我们留些钱自个花，剩余的给儿子拿去"借鸡下蛋"。

老李头瞪着一双乌鸡眼，皱眉道，纯粹是个猪脑壳，你看看你生的儿子是个撑钱的命？给他，等于把钱丢进门前的河沟，我存着，给他保留一份家业。

老婆挨了一顿呛，默默喂猪去了，边走边嘟囔：生孩子是我一个人的事么？

一天，在县城做泥瓦匠的小舅子来找老李头，说他做事的东大街有两间门面房出售，地处县城繁华地段，不出一年肯定增值一倍。

老李头望着小舅子翻白眼。小舅子知道姐夫的心思，说借，并承担高额的利息。

老李头又朝小舅子翻了一个白眼，翻得小舅子心里嗵嗵跳，跑了。

一年后，两间门面房真的增值一倍，老李头叹了一口气。

三年后，两间门面房又增值一倍，老李头装着一肚子的苦水。

随后，人民币升值与世界经济接轨，劳动者工资增加，村里很快冒出像老李头这样存款十万的家庭，刹那间，老李头挺起的胸膛塌下去了。

这年冬天下大雪，压塌了儿子的三间瓦房子，还压伤了孙子。

老李头忍痛割爱拿出钱，十万元刚好够建好儿子的房子和治好孙子的伤。

凤凰变成了鸡子，老李头窝在床上不吃不喝，时间没拖多长就死了。断气时，老李头翻着一对白眼，吓得儿子往外跑，还是老婆含泪抹盖了。

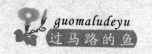

儿子电话

此时，儿子又打来电话。最近，儿子老给父亲打电话。父亲不想接儿子的电话，怕看这个号码，只是觉得不忍心不接，但接时父亲脸色凝重，非常难看。

好像父子之间结着一个疙瘩。

这些电话，都缘于那套房子。一个月前，父亲倾注一生积蓄，在美丽的"锦绣湘江"按揭一套房子，南北向，十三楼。应该说，它是 S 市最高档住房，是儿子指名要选的。为减轻以后还款压力，父亲按揭时首付四成，将家里三十八万存款全部用上了。没买房前，父亲是个有钱人，买房后变成穷人。但是没办法，儿子二十八岁了，结婚要房子，先前老房子又是危房。那天从售房部出来，父亲瞧着那幢三十层高楼，不由感叹，这大楼真高啊。儿子走在旁边，知道父亲心思，就安慰说，爸，不要担心没钱了，以后我养您！

几天后，儿子上班了，在外地，离家千余里。

自此，儿子每天给父亲打电话，催父亲速办房产证。购房时，父亲给儿子表过态，房产证写儿子名字，免得以后过户再花钱。

没错。正如儿子在电话里说的，他是研究生，工作后起码跑遍了半个中国，对房产这行的了解，远远超过父亲。儿子提供给父亲一个信息，说有人没有拿到房产证，最后被骗了，开发商把这套房卖给了三位客户，让购房者的钱打了水漂。

梦　境

这晚万籁寂静时，我做了一个梦，梦见一个陌生的医院，我站在走廊里。

梦无头绪，也杂乱。在我离开走廊时，跑过来一位小护士，她叫我快去告诉佩钰，说她妈妈刚刚病死。不等我回答，小护士白蝴蝶一般翩翩飞走了。

我熟悉佩钰，就像熟悉我自己。在那幢简陋而熟悉的仓库，我们一起工作八年，仓库那个灰暗的角落，隐藏着我们的秘密，只有我知她知，天知地知。

一会儿，我奔跑在大道上，与踽踽独行的佩钰相遇。她在恸哭。接着，我们一起跑向医院，在一处黑暗的山坳，佩钰跌倒了，发出惨叫声。我看见，她磕破了额头，血在月光下嫣红。我赶紧搀扶她，她却一口咬在我的手背上，然后消失在露水浸润的草丛里。

我被吓醒了，全身淋漓着冷汗。

原来，我做了一场噩梦，我惊悸。我马上揿亮电灯，这时我更惊讶，我看见妻子披衣坐起，望着屋顶。我非常后悔在梦中追喊佩钰的名字，我用手击打自己的脑袋，这时，妻子的眼角落下泪来……

夫　妻

他心中藏着一个秘密，他不想告诉任何人，包括他的妻子。

实际上他非常爱他的妻子，只是觉得他的秘密是对善良妻子的一种伤害。

于是，他每次都是瞒着妻子一个人来到山顶，坐在凉亭里作思索状。

这天妻子知道了他的行踪，他坐在灯光下低下头接受妻子的责怪。

但妻子笑着说，我也喜欢去那儿逛山，以后你再去的时候带我一起去，我们在那个金黄色的凉亭里欣赏好看的花草绿树，我们在那儿享受凉风的吹拂好吗？

他用各种借口回避了妻子的要求。他解释他几次去那儿纯粹是他不经意间的路过。

这话妻子相信又不信，于是用迷茫的眼神望着他，这让他很惭愧。

他做过努力不去那儿，但这天还是禁不住一个人又来了。来的时候天上还有太阳，一会就飘起细细的雨丝。坐在凉亭里，他的眼前就晃动着他与一位美丽女孩在花草和绿树间发生的温馨画面。虽然她因绝症离开了人世，但他忘不掉女孩死时送给他的那个笑的眼神。

突然，他的眼前多了一个熟悉的人影，是给他送伞来的妻子，正迎着风一步一步朝他走来。内疚刹那间袭上他的心头。担心见到妻子时的尴尬，他赶紧溜走了。

　　回家后他发现妻子早回家了，坐在椅子上眼圈发红，见到他不发一言。

　　他央求妻子，是我不好，给我一点时间，让我慢慢忘掉过去那段情感好吗？

　　妻子将脸颊牢牢靠上他的肩膀时，他感觉他的心针扎一般的刺痛。

呕　吐

他是一名镇长，党龄二十年。他发现有人贿赂他，从窗外朝他家塞进两万元。

他惊诧，职业敏感让他在家里寻找贿赂者的只言片语，但没有。

他迷惑，感到身上有压力，把钱交给纪委时才轻松一些。

在纪委调查此事的同时，他也暗地查访贿赂者。

但是一个星期过去了，又一个星期过去了，贿赂者没有浮出水面。

天上不会掉下馅儿饼，他坚信这句名言。

然而又一个星期过去了，贿赂者连个电话暗示都没有。

他迷茫，他郁闷，脑海里盘踞一个阴影，想找一个熟人诉说。

他找到他的老同学，是一位有钱的工程老板，恰好这天回到镇上。

在那家普通餐馆，他们小坐叙旧。没想到钱是老同学送的，祝贺他儿子五一结婚。

他脸色陡变，质问为何不正大光明？

性格，你的性格！老同学将他的正直性格看成固执。

说吧，你从不做亏本买卖。他坚信钱的背后有蹊跷。

老同学诡谲的微笑，不说实情，他的眼光就咄咄逼人了。

原来，老同学如今腻烦赚钱，想过一把官场瘾，在他手下跑跑腿。

老同学说，只要他怂恿成功，定当鞍前马后！

他好笑，不，是冷笑，但笑着笑着脸色凝重，胃痛毛病发作了。

洗手间呕吐时，老同学好心拍他的后背，他拒绝。

他说，去纪委拿回你的钱，从此结束我们的友谊。

纪委？结束？轮到老同学呕吐了，吐净肚里的食物再吐黄水……

第四辑

生活五线谱

夜　色

　　妻子攥紧丈夫的手，不让丈夫挣脱，不让丈夫朝前冲。

　　前面是一条灰色的路，离路不远是池塘，水面上激滟着月光。

　　丈夫说看见了父亲，走向大路，走向池塘，向他招手，向他微笑。`

　　妻子说，你醉了，你在说胡话，你父亲死了十二年，死在那个冬天的雪地里。

　　晚上，丈夫不听妻子的规劝，在娘家喝了酒。

　　丈夫继续大声喊爸爸，爸爸！并挣脱妻子的手冲向池塘。

　　但很快，妻子追上丈夫，抱紧丈夫的腿，将自己与丈夫溶为一体。

　　妻子说，你有三长两短，我该怎么办？孩子怎么办？你是我的天，你是孩子的天。你头脑快清醒，回想以前的承诺，求婚时你对我说爱我一辈子，这辈子爱，下辈子爱，再下辈子还是爱，你怎么现在都忘了？枉我真心实意爱着你。

　　丈夫说，假话，假话，你经常说到大脑壳，说到映山红，说到那个山沟沟。

　　丈夫再次挣脱，再次冲向池塘。妻子一激动，跪了下去。

　　妻子说，好，你要跳池塘，我陪你一起跳，人间是夫妻，阴间我也当你的老婆！

　　妻子松开了两手，瘫坐在草地上恸哭着。突然，妻子被人拉起来，脸上凝固一个熟悉的嘴唇，是丈夫。丈夫说，你不爱大脑壳，你是爱我的，我心里有底了！

　　妻子一听，撞倒丈夫就跑，脑里只有一个信念——再不想理睬丈夫。

小马开车

小马开着大货车，可这年没有赚到钱，小马郁闷。

有一天，小马碰到一位在开发区开翻斗车拉土方的同事，同事劝小马卖掉货车，换一辆像同事那样拉土方的翻斗车，保证一年下来口袋鼓起来。

结果开了一年翻斗车，小马同样没有赚到钱。小马是个急性子，失望毫无保留的写在他的黝黑的脸上。这天遇到了一位开四轮农用车的同事，同事告诉小马隔年皇历看不得，开发区建好了，翻斗车淘汰了，赶紧换一辆像同事那样方便实用的农用车，保证年底小马浑身上下都是钱。

但是这一年小马还是挣了一个平帐。妻子自然不高兴，埋怨小马是个榆木疙瘩的智商，大年三十的晚上，夫妻俩伴随着轰轰的鞭炮声吵起来了，让小马没有一点快乐过年的情绪。

直到正月初五那天遇到一位修摩托车的老同学，小马黝黑的脸上才露出一丝笑容。老同学对小马说，这年月哪有开农用车的？趁早卖掉农用车，像我一样租个门面充气补胎修摩托车修自行车，我可以拍胸脯地告诉你，不出两年你就发了！

可是开张之后，小马的门面不像老同学说的那样门庭若市。小马大部分时间坐着冷板凳，失落的他一支接一支地抽了满地的烟头。

有时候，小马会情不自禁地坐到门口，羡慕地注视着经过眼前的大货车翻斗车农用车，眼里都是那些熟悉的车辆……

外 衣

　　他是分公司总经理，似乎患有"朴素癖"，穿衣服从未见他穿时髦的，吃饭不吃小灶，偏偏跑到大食堂跟员工们一起排长队，等等。有人说他作秀，他气得鼻歪嘴斜，说这人不知道他出道初期是一名搬运工。还有，他不开空调，炎热夏天也不开，床头桌上撂一台电扇，空调插头，老是吊在白色的墙壁上。

　　有一天，办公室主任帮他插上空调插头，他勃然大怒，险些端掉主任的饭碗。

　　他为此召开员工大会，说千里之行始于足下，公司利润是一分一厘凑成。

　　总之，他的所作所为，让员工们敬仰的五体投地。

　　可是有一天，他突然离开公司后就没回来，一直没回来。

　　小道消息说他因做假账，关进了小黑屋，与窗户的冰冷钢筋为伴。

　　没有人相信这是真的，他不会做这种事，把他捶扁了，他也不可能做出这种事。

　　大家普遍认为，这是有人故意污蔑他，给新来的总经理造声势。

　　但财务人员说，十个贪钱者有九个披着美丽的外衣。

　　他们的依据是，他们深谙内情……

门前青山

　　他踏进家门时，鸡归笼，鸟归巢，门前青山渐渐沉入夜色。

　　他天天盼着回家，工作半年中，梦里依稀都是故乡，那绵绵的山峦，那清亮的小河。看见母亲了，灯光下，坐在桌边。他等待分享母亲见到他时的喜悦，但母亲浓缩着一张冷脸。母亲埋怨他的情感天平只有奶奶。半年前，大学毕业的他领到第一份薪水，像许多山里出来的大学生一样，他跑到邮局寄钱回家，他把钱寄给了奶奶。

　　母亲因此在心里揪着一个疙瘩。

　　母亲说着，母亲眼里闪有泪花。他难受。他安慰母亲。他拿出一沓钱，是寄给奶奶的三倍。可母亲把钱塞回他的口袋。母亲说，我为了你，十几年在外苦苦打工，为什么在你心里的位置不及你奶奶？

　　这个问题不好回答，他回避，他张张嘴又闭上。他看看屋顶，然后调头注视夜色中的门外。门外有棵椿树，椿树那边是稻田，稻田那边是青山。他皱眉思索着，接着往外走，留母亲一个人平静情绪。但母亲不让他离开，要他说出真实的想法。他不说，母亲就逼。他无奈，只好咬牙说了。他的声音很低。他说小时候，只有奶奶跟他说话，大部分时间，坐在门槛上两手托腮，凝望门前的青山，那儿有一条通往山外的大路，他期望路上出现回家的母亲。

　　他的话触痛母亲的伤感，母亲哭了。他后悔，也哭，母子俩的啜泣声回响在夜色，缭绕在青山……

致命一击

上世纪困难时期的故事。

那年春节下大雪，皑皑白雪覆盖了满世界。

大年初一，我来给单独生活的爷爷拜年，天寒地冻，爷爷还蜷缩在床上。

我走到爷爷床边说："爷爷，我来给您拜年，祝您健康长寿！"

见到我，爷爷老眼笑眯了一条缝。爷爷挣扎着披衣坐起，说给我准备的红包撂在床头木箱上。

不用说我喜不自禁，但在我高兴跑出房门时，爷爷喊住了我，要我此时去镇上给他买回一个新床单，说想它想了好几年。接着，爷爷在被褥下瑟瑟翻出皱巴巴的一沓零钱。

我睁大眼睛地望着爷爷，爷爷一定是被严寒冻糊涂了，忘了镇上供销社初六才营业。

不过我答应爷爷，初六那天一定买回新床单。

爷爷听后微笑着，然后凝望屋外灰蒙蒙的天空。

我踏着积雪回家，把这事说给母亲，母亲叹息一声说："可怜你爷爷这辈子心里苦，你奶奶去世早，你父亲病死在他的前头，我当儿媳妇的又没能力，以后你当孙儿的要好好孝心你爷爷。"

我目注屋外的大雪，心里铭记着母亲的嘱咐。

不料大年初三晚上，爷爷突然去世，我在惊诧爷爷死亡之谜的瞬间，也恍然大悟爷爷急要床单的意图。跪在爷爷床前，我顿感心里刀刺一般，仿佛遭到致命一击，无论众人如何拉我，我的双膝就是不离开地面。

恋 爱

　　他恋爱三次，三次都失败了。最近开始第四次恋爱，他要好好把握。第一天认识女孩，他想给女孩一个惊喜，可女孩家庭条件优越，他找不着惊喜的切入点。

　　这天他带女孩来公园，突然有了灵动。他对女孩说去方便，结果一会回来时给女孩摘了一朵花。花儿很美，很香，女孩喜欢。同时他对女孩说，容容，我想给你一个惊喜，保你喜欢，我带你去看。

　　他把女孩带到公园的竹林处。他指着一根粗壮的竹子说，容容，你在竹节上自个看，请不要笑话我的手艺。

　　女孩折服他的手艺，不，应该叫才能。女孩抱着他的颈项亲吻，激动地说，虎虎，你太有才了，你应该早点把你的本事告诉我呀。

　　他沉着地说，我认为男人还是诚实稳重为好。

　　这话感动了女孩。女孩说，虎虎，你的话让我有了安全感。

　　原来，他在竹节上刻下"我爱容容一万年"，并在字下刻了女孩的形像，生动传神。

　　他俩欢乐着，兴奋着，奔跑着。但一名男子这时在后面追赶他们。

　　追上来的男子对他不客气地说，同志，我想来想去，你给的十元钱太少，你不能轻视我的刀刻手艺。

　　女孩一听粉脸变色，气嘟嘟跑了，他在后面深切地呼唤，女孩却不答应他，很快消失在水池的背后。

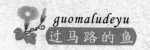

攒　钱

　　奇怪，母亲过了七十高龄竟然开始攒钱。

　　母亲是个土里刨食的农村老妇人，没有经济来源，主要是收集家里乱放的一分一厘的角票，再就是瞒着我向亲朋好友暗示要钱。

　　我发现，母亲每次攒够一百元都特兴喜，眼睛笑眯眯的。

　　不过母亲这样做影响我的形象，我自然规劝母亲，批评母亲。

　　母亲反而抱怨我："你若给我一点钱，我能向别人暗示要钱吗？"让我词穷地找不着话回答母亲。

　　入夏后，我见母亲经常地倚在山墙边凝视弯曲的拖拉机路。显然，母亲在盼大娘回家给她一点钱。我追问母亲有吃有喝，又有零花钱，要钱干什么？

　　母亲抢白我："我喝一碗水还要向你说明原委呀？你要像你大姐一样孝心我，经常给我一点钱。"这不是典典型型钻进了钱窟眼吗？

　　一气之下，我这天将三张百元钞票塞进母亲的手里。我以为母亲不会要的，可母亲喜滋滋地把钱拿到太阳下照辨真伪，然后装进衣袋。

　　考虑到母亲在人间的时日已经不多了，我开始象大姐一样尽量迎合她的攒钱愿望。

　　但母亲的高兴依旧掩蔽不了我对她攒钱的不解与迷茫。

　　好在迷茫在这年的秋天揭开了。小强结婚那天，母亲当着众人的面给了孙子小强两千元钱。那是二十张百元的钞票，母亲一张一张数给小强。母亲说她的任务就此完成了，以后不会再攒钱了。

　　我把母亲叫到无人处批评她："妈，您应该明说这件事，您何苦转弯闹得大家不愉快？"

　　母亲说："明说了是你的人情，现在是我当奶奶的人情，跟你不相干！"

　　不知为啥，我全身都是想哭的冲动。

写作人

我请朋友帮我发一篇小说稿，他弟弟是《小说风》杂志的主编。

朋友当场拍胸脯，说几篇黑疙瘩，小事一桩，最多半个月，保证它们见刊。

但半个月后，朋友在电话里说，弟弟说只等版面出来，估计就在这几天吧。

没想过了一星期，稿子依然没有登出来。担心出现变故，我拨通朋友的电话。朋友说，心急吃不得热豆腐，你完全可以高枕无忧。实话告诉你吧，我在你的稿子前面，加了我的名字，就冲这一点，弟弟没有不登的道理。

我明白朋友的心事，只好妥协地说，名字不名字无所谓，只要见刊就行。

朋友当即表态，这个星期不刊登出来，你拿我的脑袋当夜壶。

可是朋友失言了，一个星期后打来抱歉电话，对不起，稿子刊登还要推迟半个月，弟弟说，必须把前面收了钱的稿子登完后，才能腾出版面。收钱？我刹那间睁大眼睛。好在朋友暗示我，不会收我的钱，但餐馆是要上的，让我心里平静多了。我于是继续耐心等待。

结果半个月后，朋友打来电话说，弟弟说了，小说刊登没问题，就是要改，少些文学性，多些故事性，刊物要生存，编辑要吃饭。我焦急地说，这一改，还叫小说吗？朋友说，不要较劲，刊登了就是最好的。我顿感全身都是失落的感觉。但也只好咬牙说，你改吧，只要刊登出来就行。朋友这次信誓旦旦地说，三天不见刊，咱朋友绝交！

不料第二天，朋友打来内疚电话，说稿子没戏了，他弟弟因收钱进去了……

送 行

一位小伙子送姑娘上了火车。

旅客多，车厢没有空座位，他们就站在车厢相连的走道里。

姑娘情绪有些忧郁，不看小伙子，不看窗外，只瞅自己的脚尖。

姑娘想说话，欲言又止。小伙子用手轻拍姑娘的肩膀，借此安慰姑娘。

待姑娘平静了情绪，小伙子便下车。

这时，姑娘眼里马上汪满了泪，打着哭相。姑娘与小伙子小声打招呼，小伙子又赶紧跑上来。小伙子还是用相同的方法安慰姑娘。这招果然灵，姑娘马上破涕为笑。见小伙子衣服皱褶了，姑娘还帮忙扯平。正扯着，小伙子却跑下车，拿来一摞报纸递给姑娘。

小伙子说，你要站累了，就用报纸垫着坐一会，等车厢有了座位，就坐到车厢去。

姑娘翕动一下嘴，但没有发出声音。

可能小伙子忘记中转站停车时间长，他没等开车下去了。

姑娘这次真的激动，眼泪夺眶而出，晶莹的泪痕滑过姑娘的丽脸。

小伙子只好跑上来安慰姑娘，直到姑娘出现笑脸为止。

接着乘务员过来，把小伙子催下车。

下车的小伙子随开动的火车在月台上奔跑，并向姑娘挥手。

姑娘赶紧伸头窗外，大声对小伙子喊道，哥，记着你刚才说的话，厂里放假了，一定回家看看娘……

封　口

　　乡大院围墙倒了，一片狼藉。

　　乡书记开会去了，刘乡长第一个赶到事发现场，随后，其他乡干部陆续赶到。刘乡长脸色凝重，眼光窥视。刘乡长扫了大家一眼，然后放开他的粗喉咙，亮起他的高嗓子，惊飞树上一只鸟。

　　刘乡长话里带刺，刺上带针。刘乡长说昨晚无风无雨，明月之夜，围墙倒塌大有蹊跷。还有，今天领导来乡里指导工作，节骨眼上出乱子，大有文章！

　　众人面面相觑，为刘乡长的弦外之音叫苦，有人提出异议。

　　但这时，领导小车开进了乡大院，还摁响了喇叭。

　　领导下车了，晨曦映着光光的宽脑门。围墙之事，撞在领导的枪口上。

　　站在倒塌围墙前，领导面孔严肃，追问倒塌的原因。

　　刘乡长说，年久失修，风蚀老化，苦于资金短缺，我失职。

　　众人嗅到了解脱之风，赶紧插嘴帮言。有人说，地基下面都是老鼠洞，蛇洞，还有黄鼠狼掏的洞。有人说，左边围墙下是大路，学生每天经过，必须将围墙尽快修好修牢，否则后果严重！

　　这话点中领导的死穴。领导嘘出一口气。离开时，领导吩咐刘乡长，赶紧给他写个维修围墙的预算报告。仿佛一股春风，第二天下起了滋润的春雨——维修资金到位。

第三天，一位刀疤脸的承包商，春风得意般走进刘乡长的家里。

刘乡长说，你那晚带人推倒围墙，干净利索，很好，但记住，这事就此封口！

一月后围墙竣工，顺溜溜地直刺青天，刘乡长一查很行卡，果然新增三万。

回　家

　　这天，我突然接到母亲从老家打来的电话，说病了，很重。我和妻子在外打工，母亲在家照看读书的儿子。我追问母亲得了啥病？母亲在电话里说不清，我询问儿子，儿子也不知道具体情况，说这几天功课重一直没有时间回家。

　　这让我又惊慌又焦急。因为公司忙，我只能一个人回家。一路上，我心里仿佛刀搅一般。这几年，母亲的身体一直不好，缘于父亲去世早，母亲里里外外的劳累，现在年龄大了，身上的病疾自然而然出来了，腿上经常出现一块块青色，多次治疗无效。

　　到家时已是傍晚，家里亮起了电灯，母亲直躺在床上，脸色有些蜡黄。我没有时间跟母亲多说什么，赶紧出门打算去山坡那边请医生。但母亲阻止我，说她这个时候舒服多了，还说她中午吃了一小碗稀饭。

　　我问母亲是不是感冒了？有几次，母亲误把感冒说成病情严重。

　　有可能，昨天我烧得人事不知。母亲说着坐起来，背靠墙壁。

　　不知是不是陡然见了我心情喜悦，母亲一下子有了精神，要我坐到床边陪她聊聊天，在我陪她聊家常时，母亲有几次笑出了声。

　　母亲的神情根本不像病人，这让我禁不住追问母亲是不是念想我才故意骗我回家？

　　母亲回避我的话题，赶紧下床进厨房，说我的肚子肯定早饿了……

药　罐

年老之后，他经常步行一公里去看五间旧瓦房。他把这当成他的娱乐活动。五间旧瓦房在公社时期是人们集中购物的供销社，以后公社解体，供销社获解散，几间瓦房没人看管一天天破败不堪，现在最旁边一间塌出了窟窿。

妻子把他看旧瓦房当成疯疯癫癫有毛病，他对此不屑一顾。妻子劝他学学村东的老刘，或村南的老何他们，没事的时候就坐茶馆打个小麻将，喝个小酒，跟大家一起唠唠嗑图个快乐，他一听，就气咻咻地走开了。

他听不进妻子的劝告，以后照样来瞅。有一次瞅时突遇大雨，淋感冒了，气得妻子不给他倒茶水。还有一次是下雪的冬天，他瞅完后踏着积雪回家，路上不小心闪了腰，气得妻子不给他贴虎皮膏药。

这天，好奇的妻子随他一起来看旧瓦房，不料他给妻子讲解瓦房过去的辉煌时，一阵风刮塌了左边的两间房。他当时脸色苍白，回家后躺在床上，一天半时间茶饭未尽。

妻子知道他的心思，逼他说出原委。

他说："当年我读高中时，那里面一位漂亮营业员对我非常好，把卖完糖的空麻袋让我拿到外面从新再抖，我总能从麻袋里抖出几两糖带回家。你知道吗？就是那几两糖，不但延长了我母亲的生命，还让我在同学面前特别风光……"

他殊不知他在动情讲述时，妻子扔掉了给他熬药的罐子。

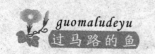

喝　酒

　　他是村里有名的大酒量，逢到哪家来了酒量大的客人，就会把他请去作陪。昨天晚上，他又去陪酒了，现在太阳晒着屁股了，还在床上睡懒觉。

　　村长进屋把他捆起来。村长说，你小子，把自己的婚姻喝没了还在喝！告诉你吧，这次完成了陪酒任务，我保证帮你介绍一个好姑娘，让你的被窝里一天到晚暖暖的。

　　他一脸欣喜，真的？记着，吐在地上的痰收不回去的。

　　他做梦都想娶一个女人过日子。

　　村长拍着他的肩膀，说，放心，我是村长，说话算数。

　　他知道村长不是一个说假话的人，于是吃了定心丸。

　　一个星期后，他帮村长完成了任务，将那个喜欢喝热闹酒的扶贫局长陪好了，一高兴，将五十万的扶贫款打进了村里的账上。

　　这次，他的方脸上露出了从未有过的笑容。

　　在冷冷的秋风中，他乐颠颠地跑来找村长，要村长兑现许下的承诺。

　　村长说，那句话不算数，年底给你戴红花行吗？

　　他激动了，说，不行，我只要姑娘，红花怎能与姑娘比？

　　村长就黑下了脸，生气地说，哪有这样的好事呀？真有这样的好事，我家老五还是单身汉呀？我实话对你说，像你们这种酒鬼，这辈子就是打单身汉的命！

　　他一下子痴了，不明白当村长的也学会说假话骗人呢？

　　这天，他喝了不少酒，大酒量的他终于喝倒地上变成了一摊稀泥。

厚得博学

第一天到分公司上任，刘总经理就将自己的"厚得博学"，作为企业理念，认真传输给大家。刘总善说，理论一套套，好多人为此叫好，打啧啧，惊叹他的阉鸡脑壳，蕴藏的聪明和智慧太多太多。

刘总谦和，讲话时，刀疤脸上的笑容，一层盖一层。

他的"和气拯救企业"的经典台词，令人叫绝。

刘总对大家说了四点好处，可以说是抛给大家的四份大蛋糕：一是给员工安空调，让大家夏天清凉，冬天暖和；二是中餐和晚餐，给大家加一份糯米蒸肉，做到公司成长了，员工长肉了；三是增加工资百分之二十，让员工的瘪腰包，尽快鼓起来；四是每个星期六的晚上，举办一场"厚德博学"的文艺晚会，释放员工体内潜藏的隐形情感，他坚信，水开一百度，自然翻泡泡。

此言一出，全场哗然，拍巴掌的人拍红了巴掌，笑的人笑眯了眼睛，乐的人乐弯了腰杆子。

有个女工月月担心房屋的按揭借贷，这下顿感没有了后顾之忧，一脸喜悦。

面对众多的喝彩，刘总的刀疤脸灿烂像阳光，禁不住站起来频频向大家挥手。但挥着挥着，两个警察过来带走了刘总。

刹那间，全场哗然，有人议论说，一位跳楼自杀的美女与刘总有关……

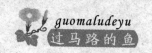

乳房背后

　　莉莉找到晚报的女记者，哭丧着脸，说，什么世道？动不动划刀子，竟然划到我的乳房上。我只说我的乳房有点疼，那方院长眼睛一闭，执刀就划，把我的漂亮乳房划得鬼不鬼，乳不乳！记者同志，你们媒体要帮我曝光，做主！

　　担心女记者不相信，莉莉露出了她挨刀的乳房，不假，口子二寸长。

　　接着，女记者来到这家医院进行调查，结果情况属实。

　　回来后，女记者写了一篇报道上了电视和报纸。

　　这件事一下子轰动了S市，这家私人小医院也是家喻户晓。

　　但三天后，莉莉来找女记者求情，说乳房是自己划的，要女记者帮她澄清这件事。

　　莉莉说，我是闭眼瞎说，信口雌黄，故意想找院长的岔子。你不知道，我们是初恋情人，他后来竟然抛弃了我，男人都不是好东西！我恨他！就是想搞垮他的医院！

　　女记者说，我不信，我那天专门作了调查，那些人不可能都说假话。

　　莉莉说，都是我买通好的，我用一个月的工资打发了他们。

　　女记者恍然大悟，马上写文章进行辟谣。电视台也把院长请去直播，澄清事实。

　　不理解的是，这家私人小医院，一时间在S市大红大紫，门庭若市，生意火爆。

　　一个月后，女记者来这家私人医院看病。

　　一个情景险些让女记者跌爬在地，她看见莉莉抱着院长，嘴巴笑得合不拢。

原来，他们竟是两口子，为救活自己的医院，演了一出苦肉计。

女记者找到莉莉，说，你在我脸上抹了黑，我以后如何再当记者？你为什么要糊弄全市人？

莉莉说，人怕出名猪怕壮，我想以此当名人！

减肥秘诀

老刘吃了十年减肥药，体重依然上升到一百五十公斤，这让老刘郁闷。

这天，老刘突然遇见多年未见面的同事老张，见老张依然保持瘦精精的身材，扁平的肚子，老刘就看见了减肥的希望，于是缠着老张，要他说出减肥秘诀。

没想到老张惭愧地说，货比货得扔，人比人得死，你老刘纯粹是在笑话我。是的，我是没有你老刘当过干部的肚大有福，屁股上的肉墩墩的，一肚子的油水，我就是这个穷命。

老张的几句话把老刘抢白得无言所对，就不好意思再向老张要减肥秘诀了。不过干部出身的老刘脑瓜子好使，他后来就在老张家附近暗中窥视老张，俗话说没有不露风的墙。

三天后，老刘终于窥视出了老张的减肥秘诀，那就是每天早中晚三次骑自行车出门，驮着老婆去买菜。这让老刘想起了富裕的美国人，有人骑自行车上班是为了减肥。

接下来，老刘收好自己的小汽车，买回一辆自行车。老婆明白老刘骑自行车减肥的意图后，举双手赞成。老婆说，十几年没驮过老娘一回了，是该补补夫妻的情分。

但这天骑自行车驮老婆出门时，老刘因为太胖了，没劲，硬是驮不动老婆。后来只好一个人骑自行车出门，可是十几年没摸过自行车，手脚有些不听使唤，出门一会就与一辆面包车相撞了。这下可是撞重了，老刘在医院躺了半年多。

　　然而因祸得福，出院的老刘竟然减肥成功，体重陡降了六十公斤。再驮着老婆时就不感到吃力了，而且有了年轻时老婆抱腰的感觉。

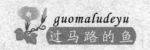

小张求职

小张应聘时总是打着姐夫的招牌。

姐夫是开发区书记，开发区二千多家企业都在他的管辖。

这天小张来到一家公司应聘，接待她的是一位年轻办公室主任。

主任叫小张先谈谈自己的情况。小张就叫主任打电话给开发区书记。

主任刹那间睁大眼睛，求职与开发区书记有什么关系呢？主任不了解小张的背景。

这时小张说，我要聘任你们公司最好的岗位，不过能力有限，不能干实际的事。

主任为难了，打算打发小张走，这是公司用人的原则。

小张马上说出姐夫的名字，显得特别神气。

没办法，主任只好去找总经理，总经理也是没办法，只好收下了小张。

但小张真的什么都不会做，去发货，与客户打起来，去收发信件，误了总经理的一份急件，给公司造成二十多万的损失，最后，公司只好安排小张去门房值班，有她无她无所谓，把她当成一个影子。但小张偏偏喜欢闲不住，虽然出的人与她无关，但她不是与一位进公司拖货的司机扭打的不可开交，最后被人扯开了，还一蹦三尺高的像一个乡野泼妇。

公司以后还做不做生意呀？总经理招急了，最后干脆叫小张休息，工资照发。

小张高兴地回家了。有一天，总经理到开发区开会，书记见到总经理，特意过来与总经理握握手。可能是因为小张的事吧？总经理这样想，也许是他多虑了。

美女照

妻子在胡村长的笔记本里，发现一张美女的照片。

妻子是醋坛子，全村有名。妻子对胡村长不依不饶，还哭得鼻子不是鼻子脸不是脸的。

这可急坏了胡村长，再过半个月，就是村长选举，他想连任，这不是哪壶不开提哪壶吗？肯定有隐情。

于是，胡村长找到老张，这次去Ｓ市联谊考察，是老张做东。

老张两手一摊说，村长，你冤枉我了，我如何会做这种害人的事呢？村里对我的工程有功，我感激还来不及呢？再说，你天天跟何会计在一起，晚上睡觉又在一个房间，我就是想下手，也没有下手机会啊。

这倒也是，胡村长便来找何会计。

但何会计说，村长，我是你培养起来的，借我一个胆，我也不会害你啊。

胡村长说，那你帮我想想，这照片究竟哪来的？

何会计说，是不是嫂子故意逗你开心？

还开心？她哭都来不及，肯定不是她。

何会计说，既然不是嫂子，那就不知道人了。

见问不出来原因，胡村长只好回家。可刚走到屋后，胡村长就听见何会计的笑声。

何会计说，这回算是捏准胡村长的死脉，想连任，门都没有，谁叫他耿直了，让我这个当会计的没捞到一点好处。

胡村长明白了，苦笑一下。半个月后，眼睛雪亮的村民让胡村长连任，何会计落选了。

打电话

　　这次公司组织旅游，我与老安住在一起，住在凤凰宾馆二楼的双人间。

　　进房后，我就上床看书了，老安翻了翻茶几上的本子，就坐下来打电话。

　　因为喝了酒，老安说话的声音有些大。他先给他的老婆打电话，喂，老婆吗？我这里好玩啊，好高的山，好清的水，好蓝的天啊，还有娃娃鱼，一尺多长哩。还有一位六十岁的老太婆，让人用花轿子抬下了山，对面还有一处咖啡厅，好多男女在里面搂搂抱抱。听见老婆挂了电话，老安就给姐夫、儿子、老娘、老爹、姨妹子、姨姐子、远房老表、邻居、朋友、公司同事等人打电话，最后索性翻出手机上的电话号码，全部都打了，没话说时，就只说我在某地方旅游这一句就挂了。

　　老安是只顾打，没看时间，我提醒他，已经打了几个小时了。

　　老安呵呵一笑，管它哩，免费打的，不打白不打。

　　正说着，服务员进来了，提醒老安的电话打得太长了，并且来收钱。

　　老安把眼睛睁得像酒盅，说，收什么钱呀？本子上明明写着免费打吗？

　　服务员解释说，是免费打，可你不是本地电话，是长途呀。

　　老安不信，翻开本子再看，一看就面红耳赤了，果然是当时喝了点酒，朦胧灯光下把本地两个字看成了外地。这时，老安的手机响了，妻子打来的，在电话里在发脾气，老安，你听着，出门就成了脱缰野马，回来跟你鱼死网破！

　　随着妻子的电话挂断，老安像个泄气的皮球蔫在了椅子上。

老　胡

老胡从故乡来到微湖花园，跟儿子媳妇住在了一起。但老胡就此心没安过，吃饭不香，一天天消瘦，精神萎靡。

儿子心疼地说，爸，您有什么想法就说，别憋在心里。

老胡哼一声，出了门。微湖花园环境优雅，有假山假石头，还有亭台楼阁，袅娜垂柳，花草飘香。还有，儿子的房子是电梯房，住在十八层，站在屋里望窗外，仿佛飞翔在空中。可所有这一切，都撬不起老胡的兴趣与心情。

走到水池那里，老胡迎面碰见了一位年轻小伙子。小伙子瞄他一眼，推推眼镜过去了。

老胡自言自语道，还是老家好，人和气，人见人都是笑脸说话。

儿子追过来了。老胡一见儿子就嚷，明天我就回老家。

儿子说，您是不是一下子忘不掉当干部一些事？

老胡说，是的，我几十年习惯了爬疙瘩山，走茅草路，听东家长，李家短，在你这里，要把我憋死了。我担心哪一天我会疯的。

第二天，儿子与媳妇商量后，安排老胡回了老家。

走时，老胡说，你要孝敬我，就一个月回来一次看看我，给点钱。

一个月后，儿子真的回老家看望老胡。但门上挂着一把锁。

有人告诉儿子，说老胡被人叫去了六组。儿子撵到六组，一看惊呆了，老胡正站在两个泼妇的中间劝架。儿子做梦没想到，老胡已经毛遂自荐地担任了村里义务调解员。

一只苍蝇

　　他瞅了一眼身边的美女，便放下筷子，说面条碗里有一只死苍蝇。

　　他大声怒吼老板娘。当时吃早餐的人比较多，听他如此一说，都等下来调头看他，同时瞅自己的碗里有没有死苍蝇。接着，他看见身边的粉脸美女，捂着嘴想呕吐，但很快又镇定下来了。

　　这时，忙碌的老板娘匆匆跑到他的面前，抱歉地说，对不起，我帮你换一碗吧。

　　他斜眼瞪着老板娘，说，换有屁用，我的胃口破坏了，我想吐。

　　老板娘解释说，该死的苍蝇闻见肉香飞来了，灭不完啊！

　　他说，不怪苍蝇，是你没把顾客当上帝，我估计，你面条里挟有老鼠屎蟑螂尿。

　　此言一出，全场哗然，所有人的眼睛都翻白，最厉害的是他身边的白脸美女，捂紧嘴巴跑到空闲处，哇哇呕吐起来了，搞得所有人倒胃口，都跑了。

　　一会，呕吐完毕的美女，回到凳子上拿自己的钱包，发现钱包不见了，他呢，也不见了。这下可好，美女也不是省油的灯，硬要老板娘赔她的钱包。

　　由此，这家餐馆生意日渐箫条，很快关门了。

　　老板娘只好转给别人，但房东却提出了苛刻的条件，老板娘没办法，只好低价退给了房东。这次，老板娘为她的损失流了泪。

一个月后，房东又以高价租出了餐馆。

开业这天，有人看见他了，听见他喊房东叔叔。了解这件事真相的人问他，为什么要心狠毒辣地折腾那个老板娘？他说，她父亲当年挖我父亲墙脚的时候为什么没有这样想？

握 手

　　他始终被一次握手困扰着。

　　那次握手出现在他二十五岁时，当时阳光把他的影子照在地上是直的。光阴荏苒，如今他五十岁，走在阳光下的影子是弯的。他不能回想那次握手，一想就摸脸，摸下巴，上面的嫩绒毛都变成了硬胡子。有几次因为回想那次握手，他病了，医生查不出他的病因，医生很为难。

　　妻子无数次追问那次握手的细节，他不说，只叹息。有一天，坐在马路边的铁塔下，妻子说，你想把那次握手的内容带进棺材吗？沉默的他只瞧铁塔。铁塔上面站着一只鸟，在叫，最后飞了。还有一天，他对一个同事说，今生什么都好，就是后悔亏欠了一次握手，无脸相见一个男人，一个女人，一个孩子。朋友睁大眼睛瞅他，臆想他在吞噬婚外恋的苦果。

　　他老了，走路的脚步慢了，那个握手的情景几乎占据了他的整个脑海，有几次，他偷偷用自己的左手抽打自己的右手。

　　冬天，他熬不住心灵折磨，从城市回到老家。走过侄子的屋后，他没进去，而是迎着北风径直来到一个蒿草萋萋的山洼。山洼寂寥，伫立着一个荒芜的坟堆。站在坟堆前，他两条瘦腿有些颤抖。他哽咽地说，朋友，我愧疚，没有能力保护你的家，你死后，嫂子嫁人了，侄子失学了……

　　原来，朋友那年临死时，千言万语说不出来，只能望着他流泪，紧紧握着他的手……

捐　款

面对学校的捐款牌，望着那些熟人的名字，他的脸一下子变成了一块大红布。

十年前的今天，这些熟人们，个个都是勒紧裤腰带过日子。

而那时，他是承包大型工程的大老板。

他的名字在故乡特别有名气。提到他的名字，人们都会竖起大拇指，说，他太有钱了。

但那年母校重建时，母校向他发出了邀请电报，请求他为母校重建捐款五百元，他却回绝了母校。

昨天，他想给母校捐赠一笔钱，条件是，在这块捐款牌子上，刻下他的名字。

但母校，却毫不客气地回绝了他……

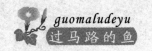

止 血

面对化为灰烬的房子，黑子欲哭无泪。

面对熟悉的纵火者，黑子抓着他的衣领，要吃他的肉。

黑子哭着，追问他，你为什么要这样？

他说，黑子，你是个王八蛋，当年，你为什么要屙了一碗尿给我喝，让我一辈子做不起人！

黑子咬牙说，你太没良心，当年，是你母亲求我屙的一碗尿。

他激动地说，我不信。

黑子说，你不信，可以问问你的母亲，当年不是我的一碗童子尿，止住了你的大吐血，你患肺结核早死了……

做生意

父亲是个生意好手，那年平原发大水，父亲认为赚钱机会来了，于是带我跟他一起，到平原上做贩卖菜籽的生意。

生意很顺利，快要结束的一天，我和父亲从一家农户门前走过。当时太阳当顶，正是午饭时，只见主妇颠颠跑出来，热情地挽留我们在她家吃午饭。父亲同意了，说饭后付钱，不会白吃。主妇笑说不要钱，声称人活一辈子，都会遇到几次出门在外。

父亲精明，吃饭时拉我到一边，嘱咐我好歹看嘗隔壁屋里装菜籽的蛇皮袋。

可突然飞来一只鸡，是主妇拿着棍子在鸡后面吆喝追撵，且撵且骂："只吃不生蛋，打死你个砍脑壳的！"

主妇挽起裤腿，棍子左右开弓，吓得我赶紧躲到墙边安全的地方。

一会，主妇的吆喝声在屋外渐渐消失，我却发现装菜籽的蛇皮袋，在地上不翼而飞。天啦，我惊慌失措，赶紧去找正在吃饭的父亲，父亲听后脸色苍白，摸摸装钱的口袋后，赶快离开桌子带我走了。

事后，父亲告诉我，说他做生意多年，这回真正遇到了生意高手，当时倘若不火速离开，难以保住身上的钱。由此，父亲五年没有出门做生意……

送年货

每年都是母亲给奶奶送年货，父亲总以腰疼搪塞。

今年父亲亲自送，并指名道姓要我陪他一起去。

因为乡下的五爹，奶奶住在乡下。

往年，母亲总是算计着给奶奶办年货，担心浪费。

今年，父亲办的特别丰盛，大鱼大肉，糯米糍粑。

母亲说，奶奶家里没冰箱，办多了吃不完，会坏的。

父亲不高兴，说，奶奶可以慢慢吃，哪就那么容易坏了？

父亲特意叮嘱五爹不要给奶奶写对联，他已经给奶奶买了一幅带金边的对联。

我说，金边不金边，奶奶不认字，只认得门上的红纸，越红越好。

父亲生我的气，说，红纸跟金边红纸又不同，一个只是红，一个溅眼睛。

我感觉父亲今年的言行举止怪怪的，在镇上住了十几年，还是第一次见到。

而奶奶，听着父亲今年给她送年货，早站在屋场上等着哩。

晌午时，我和父亲来到了奶奶的家。

奶奶回过神来后，对父亲说，你腰杆子不扎实，何苦送呢？年货不年货的，年年都在吃。

父亲说，我是您儿子，我不给您送年货谁送？

我发现，父亲说这句话的时候瞧了我一眼。

奶奶于是夸父亲有孝心，说从小揩屎揩尿没有白忙乎。

饭后，我问奶奶，父亲今年为什么要亲自送年货？

奶奶笑着，不说，最后只叫我回家时瞅瞅父亲的背影。

回家时，我真的去瞅父亲的背影，我看见父亲已经开始驼背了……

补　鞋

　　自丈夫病逝后，她就成了一个补鞋匠。每天头顶一把红色的太阳伞，胸挂皮革褡裢。

　　她把希望寄托在儿子身上。每天补鞋劳累后回家，她看见儿子在用心看书，她顿感不累。她常常做梦，梦见儿子有出息，把挣来的新票子交到她的手里。

　　可突然有一天儿子对她说，妈，我不想读书，我想回家跟您一起补鞋。

　　她一下子晕了。原来，儿子每天看的都是消遣的闲书，她不懂。

　　她感觉她的屋子在飞舞，她只对儿子说了一个"蠢"字。

　　那天，她出门时两条瘦腿直打哆嗦，补鞋时被刀划伤了两次。

　　以后，那把红色太阳伞下多了一个人，是她的儿子。

　　既然不能读书有出息，她就要求儿子精益求精地做好手艺。

　　但儿子的心思不在补鞋上，每天都补砸顾客的皮鞋，让她天天在给顾客陪钱陪笑脸。

　　转眼，十五年就过去了，她过了六十岁，背驼了，儿子到了三十四岁，红伞下的母子补鞋的风景依旧。

　　有一天，她觉得自己特别累，便回家在床上躺下了，这一躺，她就再也没有下过床。

　　躺在床上的她，天天操心儿子的婚姻，什么时候能有一位姑娘看上儿子……

第五辑

往事如烟

不想过年

在装卸队，老汪是新来的。

老汪每天只顾埋头做事，很少开口说话，没事就坐在吊架下抽闷烟。

有人看过老汪的身份证，仅仅知道他住在山区，别的一无所知。

有一天有人问老汪，老汪，你都五十岁了，肯定儿孙满堂吧？

但这句好心话却招来了老汪的不领情。

老汪马上沉下脸，屁股一扭就走了，让问话人尴尬的两眼翻白。

转眼到了过年时，装卸队留人值班，老汪主动请求留下来了。

好多人都以为老汪大脑有毛病，世上竟有不想过年的人。

老汪说，回家过年多长块肉呀？这句话没头没脑。

很快春节过完，到正月初八上班的时候。

但人们一见老汪额头上缠着白纱布，整个人瘦下一圈，眼光呆滞，都惊呆了。

有人问是咋搞的？

老汪斜了一眼，说，下辈子变女人。

这句话同样上不沾天下不沾地。

这天晚上，星星寒冷，老汪坐在冰凉的吊架下大诉衷肠。

原来，不想过年的老汪有自己的难言之隐，因为，他是个单身汉。

二十五年前的集体时代，老汪的妻子嫌家里穷，在婚后第二年跟一个铜匠跑了。

这些年，老汪一边在外打工，一边打听妻子的下落。

三天前，老汪找一位妇人打探妻子的消息时，被妇人的醉酒丈夫当嫖客打的……

照 片

这天我和妻子坐汽车回家，汽车轻盈地奔跑在国道上。

过了那片翠绿的杨树林，我面前的玻璃窗豁然明亮。

远远的，我已经看见公路边的三间红瓦房。

过去了十几年，三间红瓦房还是老样子，只是门前的柳树长高了。

妻子坐在我的旁边，对我的凝望产生了好奇。

妻子说，看什么呢？我发现，你每次经过这个地方，都会静静地凝望什么？

妻子要我说出凝望的原因。我知道，我要是不说出来，妻子肯定多虑了。

于是，我告诉妻子，我陡然间想起过去的一个同学。

同学？坐车竟然想起了同学？

惊悸的妻子皱起了紧锁的眉头。同时，那对眼睛里射出了夺人的光芒。

见我低下头，妻子就戳我的额头，"啊"的一声说，你肯定想到了她？

谁呀？我假装生气地说。

妻子转过脸去，悠悠地说，家里那本《第二次握手》里有一张姑娘照片，已经泛黄了。

想不到，妻子早就知道我的秘密……

电　话

一到傍晚，儿子都给父亲打电话，《新闻联播》过后准时打来。

父亲喜欢看《新闻联播》，儿子想，不在这时给父亲打电话，也是一份孝心。

最近，在外工作的儿子对父亲额外关心，说话与行动，换了一个人。

此时，电话又响了。

儿子说，爸，您是世上最好的爸。

父亲说，儿子，不要一打电话就给老子说那些好听的话，说吧，有什么心思？

儿子在电话笑说，爸，您老多虑了，真的没有。

父亲说，知儿莫过父，我还不知道你肚里的那些弯弯肠子。

儿子就口吻严肃了，说，这可是您要我说的，不是我想说的。

父亲说，说吧，只要不是钱的事，你知道家里的情况。

儿子说，爸，还真被您老说中了，我就是想跟您谈钱的事，我和小莉已经看好一套房子，您得给我们准备首付款。

父亲说，你是不是要剥我的皮啊？

儿子说，爸，我早就打听好了，不好瞒我，您得了一笔赔偿金，您说，你怎么瞒着你儿子呢？

你早就知道了？父亲一时语塞，说不出一句话……

心 事

五十岁的李芳想起床，一想，一个人坐在屋里没个说话的人，索性懒得起床了。

自打丈夫死后，有二个多月了，李芳坐在桌边，除了瞧屋外的天空还是瞧屋外的天空。

有时候，她在天空上看见了两个死去的男人的影子。第一个男人认识于轰轰烈烈的"三线"工地上；第二个男人是个教书的，大李芳二十岁，那年秋天结婚时，男人的弓背顶起了床铺上的花被子。

有人在敲响裂着缝隙的小木门。

李芳起床开了门，进屋的是老家的三婶。

三婶先是悲叹李芳的命苦，接着来给李芳说媒。三婶说那个男人有钱，有房子，儿子在读研究生，只是老婆最近患乳腺癌死了。男人守不住寂寞，巴不得早点找个女人，于是就指名道姓的要娶李芳，他们曾一起在"三线"做过事，当年的李芳是"三线"工地上最美丽的一朵花，袅娜的影子走进过好多俊男小伙春夜的梦境。

但三婶没想到，一件好心事却招来了李芳的嚎啕大哭。

李芳且哭且诉，你三婶不是把我当人看，当成了一个猫儿狗儿的，当年我儿子媳妇如果对我好点的话，我何苦哭干了眼泪再嫁人？人活一张脸，树活一张皮，我要再嫁人，我就不如死掉算了，世上的男人又有几个好东西……

絮絮叨叨的李芳只顾数落，等到揩掉泪水看三婶时，三婶早就溜了。

女　人

　　女人记着老人的话，要想一辈子降住自己的男人，就在进洞房与男人喝交杯茶时坐到床铺的大边，坐了小边，一辈子莫想翻身。女人牢牢记着，结婚喝交杯茶的那一刻，赶紧坐到了床铺的大边。男人肚里有墨水，笑笑，说，什么年代了，还迷信。女人不答话，喝下交杯茶就转过了脸，望着男人的脚尖偷偷地笑。

　　后来，女人真的降住了男人，男人样样都听女人的。比如男人正与人打牌玩，女人说，起来，我玩，男人就乖乖地站到一边。比如，女人要男人出门打工，男人就听话的背着被褥出门了，走时，女人要男人亲吻一下，男人就亲吻女人的额头，女人说，脸上也要，男人就亲吻女人的白脸。有一年冬天特别冷，男人秋天时被女人安排出了门，女人每晚睡觉都觉得被子冷冷的，于是一个电话打给男人，男人马上回了家。晚上，女人枕在男人的臂弯，说，女人当家有饭吃，现在理解了我当初抢坐床铺大边的意义吧。男人说，迷信，我不信。

　　有一天，男人在街上碰到了一个分别多年的老同学，喝多了一点，回家时，一身的酒气。女人最反感男人喝酒，闻不得酒气。女人说，你胆子也太大了，竟然喝了这么多酒，还敢回来，你根本没把我放在眼里！酒给男人壮了胆，男人平生第一次顶撞了女人。男人说，老同学十年不见我，好心请我喝场酒，有什么不对吗？我还是不是个男人啊？说着，男人大胆摔坏了一个玻璃杯。男人说，不要以为我真的怕你，我是相信女人不是打出来的，是哄出来的！

　　刹那间，女人望着男人痴了……

铁　塔

　　每次走过那个村庄的前面，他都会注视村庄背后铁塔边的三间红瓦房。

　　一种深情与遐想的眼神，情不自禁地从他的眼眶里流露出来。

　　一个人的时候，他会在路边草地上静静地坐一会，看瓦房，看瓦房四周掩映的绿树。

　　有一天妻子接他回家，经过村庄前面时，他虽然克制着，但不自觉又露出凝望瓦房的神情。

　　妻子好奇地问，你认识瓦房的主人吗？

　　他摇头说，不认识，只是随便瞧瞧。

　　但秋天他打工回家的时候，走在小雨中他还是迭迭地去瞅那三间红瓦房。

　　妻子说，不明白你怎么喜欢瞅那几间瓦房。

　　他的脸红了，催妻子快些走，天要黑了。

　　但过一会，妻子回头窥见他一边走一边回头眺望。

　　妻子问他眺望什么，他说，我在眺望铁塔，你看铁塔上面小下面大，伫足在地上岿然不动，好牢啊。

　　妻子诧异地望着他，不明白他话中的意思。

　　晚上，妻子睡在他的身边，要他说说铁塔岿然不动的秘密。

　　他索性披衣坐起来，竟然说起了他的初恋。妻子不喜欢这个故事，已经听过无数次了。当年，他与她是一对生死恋，后来分手了，但他为此卧轨自杀时她却冒死救了他。

　　妻子不解，问他这故事与铁塔与瓦房又是什么关系呢？

　　他说，她就住在那个瓦房里。说完，他嘴巴上的烟火在黑暗中一闪一闪。

　　妻子转过身，沉默无语。半夜，屋外月光下响着妻子轻轻的啜泣声。

逛马路

只要是天晴时，他每天傍晚都会与妻子去逛一个小时的马路。

有时候，妻子不想去，他就开导妻子，说，饭后扭一扭，活到九十九。

他已经人到中年了，遇到开不心的事，他一逛马路就心情开朗了。

在逛马路的过程中，他最喜欢经过那个高高的铁塔。

有意思的是，他们每次经过铁塔，都会遇到一对迎面姗姗走来的夫妻。

这对夫妻也是人到中年，可那女的，打扮的非常新潮且花枝招展的。

不知是好奇女的新潮的衣服，或是喜欢看女的清丽，与这对夫妻相遇时，他的眼光多半聚集在那女的身上。

有一天，他们四人又相遇在铁塔下。

那对夫妻已经走远了，妻子却发现他还时不时回头眺望，眼睛里，还流露出梦幻迷离的眼神。

妻子问他，看什么呢？是不是看那个女的？

他说，我在看铁塔，我觉得铁塔看起来不高实际上很高哩。

妻子说，我觉得那女的看起来年轻实际上已经老了，她来逛马路，纯粹是在赛服装，一天一套衣服，都把我的眼睛看花了。

他说，你没观察吗？他四十多岁顶多看出二十多岁吗？唉，不提这件事，我还是研究那个铁塔，为什么看起来不高实际上很高呢？

妻子生气地说，铁塔再高也不高，世上唯独人心第一高。

他迷惑地看着妻子，半响说不出话来……

情感危机

当上公司办公室主任后，他回家就少了。

妻子以为公司忙，开始能够理解他，但渐渐妻子脸呈愠色了。

他一个星期仅仅回一次家，妻子守着那么大的房子感觉好怕。

妻子来公司找他，说，你每晚回家休息吧。

他两手一摊，用一个"忙"字搪塞。

但妻子在他的临时卧室里嗅出了一股淡淡的馨香味。

这天半夜，妻子杀了个回马枪，正好逮着一位长发女子，幽灵一般地跑出他的卧室。

他无语地望着妻子。妻子离开时眼里有泪。

妻子走后，他长时间地抬头凝望深邃的夜空。

第二天，双方父母都坐在他宽大的客厅里。

他说，我患了一种特殊病，有时候明知道不能做的事，却偏偏失去理智去做。

大家这回都相信了他。于是，妻子陪他到医院检查，结果他一切正常，让妻子一下子傻了眼。

他却说是医生误诊了，只好从新检查。

走进诊室时，他用力捏了一下医生的屁股，捏得医生回脸一笑。他趁机塞给医生一千元钱，医生明白了，无语地笑笑。

一会，医生出来告诉妻子，说，你丈夫的情感系统出了毛病，严重时会做出一些出格的傻事，好在以后不会再有了，我最拿手治疗这个病。

　　妻子于是红着脸牵紧了他的手。

　　但第二天他"请假输液"时，让妻子逮着他与长发女子勾肩搭背。

　　二个女人因此打起来，嘶叫着。最后，妻子过来呸了他一口走向了左边，长发女子过来啐他一口走向了右边。

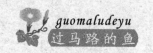

情系大山

我们坐上旅游车，离要去的景点还有一个小时的路程。

年轻的蔡导为打发我们的时间，给我们讲故事。

蔡导给我们讲了一个从前发生在这里的故事：

这地方从前有一个男孩，九岁了还是光屁股走出家门，直到十二岁才穿上衣服上学。

男孩就读的学校在三十里以外的地方，除了青山还是青山。

因为属于贫困山区，闭塞，没有一条进山的公路。男孩每次上学或是从学校回家，都在崎岖的山路上爬行，一眼所见的都是连绵不断大山，傲视着深邃的青天。

父母打工去了，山大田少的环境不能改变生活。照管男孩的是年迈的奶奶。

这年冬天的雪特别大，男孩寒假回家时滚进了山洼的雪窝，第二天被好心人抬回家的时候已经冻晕过去了。

奶奶哭，奶奶的老眼里迸着伤心的泪滴。奶奶抱着男孩整整捂了一天，才把男孩捂醒过来。男孩苏醒后对奶奶说的第一句话是：将来一定要考上大学走出大山。

男孩后来真的考上大学，毕业后留在了省城工作。

但不知为什么，男孩总觉得他的心在大山，经常晚上在梦里回到了大山。

男孩发现，他的心根不在省城是在大山。

有一天，男孩看到一则新闻，说他的家乡通了公路，成了旅游景点。

那晚，男孩望着家乡那一方的月亮热泪盈眶。接着男孩辞掉工作回到了故乡。

男孩当了一名收入微薄勉强糊口的导游员，利用工作便利，天天给南来北往的客人们讲述山里孩子的清苦，劝客人们只当少抽了一包烟，给些孩子捐些零钱小票……

突然有人打断蔡导的话，询问那男孩是不是蔡导自己呀？

蔡导给我们深深鞠了一躬，头抬起来时是满脸泪滴。

挨刀子

　　他拎着一个塑料袋，里面装有猪肉。

　　他走出菜市场，一会又返身回到菜市场，站在一个肉案前。

　　他把那个塑料袋掷给双下巴的屠夫，缩缩鼻子说，你电子秤少了螺丝。

　　见他找茬，围在肉案前正准备称肉的顾客都散了。

　　飕的一声，屠夫将刀插进肉案。屠夫说，找茬，奉陪！

　　他脸皮直扯，冷笑一下，说，知道你头上戴着遮阳帽，经常见你姐夫在酒楼跟小姐们打哈哈。无非是个片区的工商所长，借此想在我的头上翻跟头，嫩得点！

　　屠夫怒道，早晨没漱口，现在回家漱，知道你身上几根骨头几根筋，讹别人我不管，骑我头上拉屎拉尿，你睁大眼睛瞧清楚！不要把我当成你前妻那样的软蛋蛋，随便捏随便打，要刮风要下雨，我奉陪到底。这二天，我手头恰好在发痒，正想跟人过两招！

　　突然被人揭了伤疤，他便像一头发怒的狮子，拿起肉案上的一块排骨，砸在屠夫的脸上，砸了就走，走时没忘记电子秤上的那袋肉。

　　屠夫真不是一盏省油的灯，拔起弯刀追赶。

　　他见势不妙便跑。

　　但屠夫很快在一个白菜摊位前追上他了，嗖的一声砍下弯刀。

　　结果，屠夫的弯刀被人突然撞了一下，落在一个女人的膀子上。

　　屠夫转眼一看痴了，原来是他的前妻，恰好来菜市场买菜。

　　他一见前妻膀子上在流血，马上来搀扶前妻去包扎。

　　但前妻对他怒道，滚，不要你管，我不是替你在挨刀，是替我儿子在挨刀！

唱山歌

当新来的员工小李提出要天天上夜班的时候，主任睁大了眼睛。

主任发现小李的眼神里有一种期盼与渴望。

这年月竟有这种甘愿吃亏的人，主任不相信这是真的。

但有一天，小李突然晕倒在公司的大门外。

等主任赶到现场时，小李已经缓步地走远了，背影就象风中一株倾斜的树枝。

傍晚，主任追问小李是不是因为天天上夜班而晕倒？

小李说，我的肚子当时太饿了。

主任知道这是小李的搪塞之语，于是在一个秋风箫瑟的上午专程来到小李家。

但一见小李的家，主任惊呆了。三间沉旧的瓦房，还有一股难闻的药味。

此时的小李，正抱着一个女人在方便，女人身子下面的便盆里响着尿液的声音。

主任从邻居口里得知，小李是四川人，是这家的上门女婿。

当年，小李为筹钱给母亲治病，自愿走上了这条路。

此时，小李抱着的女人正是他的妻子，一个先天性瘫子，脸色白得像纸。

这三年，小李家里非常不幸，老丈人前年因车祸死亡，丈母娘最近跛脚正在吃药。

主任顿感心里酸酸的，终于明白小李要上夜班的原因了。

妻子和丈母娘睡觉的时候是小李最好的工作时间。

主任没有惊动小李，主任幽幽地走了。

脚步刚挪动，主任就听见了歌声，是小李激昂地为他的妻子唱山歌。

山歌里伴有妻子呵呵的笑声。

主任听着，主任的眼里湿润了。

阳台上的菊花盆

他住在四楼，阳台上放置一盆菊花。没事时，他就给菊花洒洒水。

阳光下，菊花特别好看和芳香。

有时候，他禁不住花香的诱惑，走过去闻一闻，脸上露出欣慰的笑容。

但这天，他突然将那盆菊花从四楼摔到地面上。随着一声闷响，那盆美丽的菊花在下面的地面上四分五裂，还险些砸着一个人。

在厨房做饭的妻子赶紧跑过来，大声说，你自己常说的，冲动是魔鬼，为什么呀？

他无语，进屋抽烟。抽完第一支，接着抽第二支，被妻子夺下了。

妻子说，你说，有什么话直说，别噎在心里！

他嘴巴抽风似地出粗气，不说，起身去了卧室，蒙头睡了。

妻子还想追问清楚他发脾气的原因，准备去掀他的被子，但在卧室书桌上见到了一张照片。在拿起照片那一瞬间，妻子的脸色煞白，情绪极度紧张。这是一张英俊男人的照片，丈夫认得这个人，跟妻子在一起上班，平时有说有笑。刚才，丈夫在衣柜搜寻一张有用的条据，因为是以往的，不知道地方了，没想到在妻子手饰盒底下意外发现了照片……

电视天线

妻子正在看电视，突然电视机成了一块白板，没有信号了。

妻子就到隔壁房间找丈夫，丈夫兴致勃勃地正在玩游戏。

妻子说，你快到楼上看看，估计那个铅皮锅出了问题，没人影儿了。

他们家没有安装有线电视，自己架设了一个接受信号的铅皮锅，不过效果还好。

丈夫没有看妻子，一边忙一边说，今天不看了，电视嘛可看可不看。

妻子央求，我闲得无聊，就这点爱好，你上去瞧瞧嘛，那个地方太高，我怕。

丈夫说，不是信号问题，是电视机有毛病，早该修理了。

妻子说，不是的，这次真是信号问题。

丈夫不理睬妻子，继续玩他的游戏。

妻子脸色灰暗，怏怏不乐地出来了。

终于，那场游戏玩完了，吃晚饭的时候也到了。

这时丈夫见厨房冷锅冷灶，觉得奇怪，在卧室床上找着妻子，掀开被子，妻子的眼里都是泪水，枕巾都打湿了一片。

为什么？丈夫大声追问。

妻子说，一想到你当初跪在我的面前求婚，我就想哭……

椿 树

　　小马和小虹不喜欢这棵古老的椿树，但俩人禁不住常常来到椿树下。

　　这个傍晚小马先来了，小虹踏着夏夜的皎洁月光姗姗而至。

　　小马说，你来时你妈妈看见了没有？

　　小虹说，我不明白，上辈人为什么要把他们的恩怨罩在我们的头上？

　　小马无语，捡一块石子掷进远处的草丛，抬头眺望天上的繁星。

　　时光上溯七十年，小马太爷爷当国民党的兵，在椿树下用枪打死了小虹当共产党的太爷爷。时光上溯六十年，小虹爷爷担任民兵大队长，在椿树下逼死小马"反动派"的太爷爷。时光上溯四十五年，小虹的父亲在椿树下斗死了小马的母亲，小马的爸爸一气之下，将小虹的母亲拽到椿树下强暴了，由此坐了几年牢。时光上溯三年前，小马和小虹偏偏在椿树下确定了恋爱关系，那晚的月色分外皎美。

　　此时，一个萤火虫飞过他俩的头顶。

　　小马说，我不相信我们相爱是个错误，我们去遥远的地方打工吧，脱离椿树的阴影。

　　小虹说，明天等我的答复。

　　第二天，小虹在萤火飞舞中走来，悠悠地告诉小马，说撇不下腿部疼痛的妈妈。

　　小马无语，压低自己的头，他知道，小虹妈妈的病都是他的爸爸在椿树下造成的。

　　两人在狗的吠声中一个走向左边，一个走向右边，身后，椿树的影子依然凝固在地上……

断 指

　　丈夫一生气就变成了猴子相，此时继续追逼妻子：你再仔细想想，那男人是高是矮？是胖是瘦？身上体味是重是轻？把我打进冰窟窿，我也不信你们在床上干完好事，你却不知道他是谁！我们结婚好歹有三年，难道你分不清黄牛与水牛？

　　妻子是个忠厚人，平时话语少，一着急嘴巴仿佛塞了鸡蛋，只晓得流眼泪水，只晓得重复地说当时没开灯，黑咕隆咚像锅盖，以为是丈夫打完麻将回来了，整个过程她完全处于被动，处于迷迷糊糊。她说她白天做事辛苦，她那个时候只想闭眼睡觉。

　　这话鬼信！丈夫拍桌子再拍自己的头，觉得头上的绿帽子太沉太重。丈夫捏紧拳头手指哗哗响，但见到妻子珍珠一般流眼泪就蔫成了软蛋蛋，在自己腿上打了一拳后气出了门，跨门槛时险些跌倒一个跟头，嘴里嘟嘟嚷嚷骂妻子是个苕女人，黑油油的头发却是溜溜光的记性！

　　丈夫找来了民警，拉网式的搜查证实此事是妻子初恋情人三拐子干的。这小子在民警面前承认胆大包天，夜撞民宅，侵占民妇，并唾沫四溅地扬言一晚上一百元，用五十晚上收回本钱。原来，恋爱时他送给她一枚价值五千元的戒指，说好分手后还给他却一直不见动静，殊不知戒指早被她的嗜赌丈夫输进别人的口袋。

　　妈的，欠钱就偷鸡摸狗别人的老婆？丈夫手起刀落，断掉左手的无名指，骂道：你三拐子这辈子也甭想老婆孩子热炕头……

胡 诌

张三特别会诌，嘴皮子顺溜几下，就冒出天上美女下嫁他小区的二流子，说他们巫山云雨，翻江倒海，让你笑弯了腰。

此时，张三胳膊肘儿压着膝盖，这是他胡诌的前奏。他说："喂喂，哥们姐们，前无古人后无来者的重大消息，一位六十一岁的男人，强奸一位七十七岁的老太太，判刑五年。"

有人质疑："老太太牙齿掉光，嘴巴是个喷雾器，可能吗？"

我认为张三的胡诌太离谱，没边没际！"张三，你小子应该胡诌高耸的喜马拉雅山，迁到太平洋中央沐浴月光。"

张三显出一脸正经，指天发誓说是真实新闻，掺有半句假话，叫我们拿他的西瓜脑壳当球踢。这话惹恼李四走过来，不冷不热顺溜一句："少见多怪，假的！"

"你李四凭空污人清白！"张三就拿出本市的《商报》给自己证明，果然标题醒目。

"知道生财有道吗？没见上面还有美女裸奔，让市长见之忘神把小车开进长江！"李四丢下这句话便离开，被张三拦住："撒尿要看地方，凭什么你说《商报》炒作？"

李四语出惊人："凭我大哥是《商报》的社长，凭这些奇思妙想是我的杜撰！"

众人惊然。张三证实李四所言真实之后，就对李四改口喊"四哥"，巴结李四在《商报》上帮他杜撰一番，他还是个单身汉，做梦都想有个女人抱脚……

断 气

他处在弥留之际，不能说话，不能动弹，只剩一口气。

想到他当了一辈子风光的副校长，死时这般艰难，老妻又着急又心疼。

有人提醒老妻别着急，说他肯定有事未了，了结后自然顺利断气。

老妻以为他是担心她，就劝他舒心上路，说她的晚年生活有两个儿女照顾。

但这话没有对准他的心思，他急得眼泪从眼角滚出来。

肯定是担心儿子和姑娘，他们人到中年事业不顺。

儿子跪在床边安慰他：爸，您安心走吧，我以后谨慎做人，不会再让人抓着小辫子。

他的眼角又急出眼泪，他不是担心儿子。

姑娘跪在床边安慰他：爸，我知道您是担心我，担心我娇滴滴的不能适应大众生活，您放心，我以后上班再不带香水。

他的眼角又急出泪来，他不是担心女儿。老妻明白了，他肯定在学校有事未了。

校长来了，握着他的手说：老姜，安心上路吧，别担心以后酒桌上没人赤膊上阵，我顶着。你不过先走一步，三十年后你来黄泉路上接我。

但是，他的眼角照样急出了眼泪。看来，大家都没摸准他的心思。

只有同来的科长摸准他的心思，科长扯校长的衣角对校长耳语一番。

五十箱？校长张嘴打喷喷。但想到他因喝酒膨胀的粗大肚子，校长还是一咬牙：老姜，你断气吧，学校一定陪葬你五十箱高档酒，少一瓶，你骂我！结果话未落音他就断气了

留给人间最后的笑

　　父亲憋着一口气等儿子来看儿子最后一眼。父亲已经感觉到极乐世界在迎接他。儿子正在匆匆忙忙朝这里赶来。父亲瞅一眼窗外后，就瞅墙壁上那张全家福照片。

　　照片是儿子人生路上的分水岭。没照相之前儿子是一个令人羡慕的好儿子。照相之后儿子变得父亲不认得儿子了，儿子让鲜花与掌声包围，大中华香烟在嘴巴抽半截扔在地上。父亲还没从这种现象中缓过神时传出了儿子的绯闻，接着儿子解释不清保险柜里的美钞关进了小黑屋。父亲紧靠冰冷的铁窗与铁窗里面的儿子交流，父亲的泪水招惹儿子热泪盈眶。父亲要儿子以后改，儿子说出去后一定改。但儿子半年后出来了还是当了一位老板，只是由大老板变成了经营三位小姐生意的小老板。父亲那天瞧玻璃门里面的粉红灯光，父亲骂了一句"狗改不了吃屎"。回家后不到三个月，父亲老得像一条秋丝瓜。这其间父亲还吐了一口血，用脚擦过后血印子还在。

　　儿子进来的时候父亲眼睛一亮。儿子握着父亲的手就掉眼泪。儿子说了很多话，父亲嘴巴微微翕动却不能回答儿子。但瞧见儿子下巴上的黑胡子和黄上衣左下角的破窟窿，父亲浅浅微笑了。儿子不知父亲浅浅微笑的后面是什么？父亲最后安详地离开这个世界。儿子摸着身上的窟窿，明白父亲的意思后泪如泉涌……

疤　痕

金秋十月，夫妻俩参加公司的集体旅游。来风景区第一天晚上，妻子要看美不胜收的古城夜景，丈夫坚持要到野外观看篝火舞蹈，说是风景区一绝，美丽抢眼劲道十足。

丈夫说，不去观看，等于枉来此行。

但妻子依然表情执拗，粉脸拉长。丈夫只好请来一起旅游的女同事陪伴妻子。

晚上十二点，看完篝火舞蹈的丈夫吹着口哨回旅馆，以为妻子熟睡了，小声进入房间。但妻子却睁眼注视没有画面的电视，侧着身子躺在床上，粉脸上的情绪非常糟糕。

丈夫清楚，妻子不在意他看篝火舞蹈，她是在意他晚上花费掉一百元钱。

丈夫说，你放心，这一百元钱我会想法省下来。

妻子说，你回答我，是舞蹈好看还是那些妖精美女们扭屁股好看？

丈夫过来安慰妻子，却发现妻子脸颊边放着一面小镜子，妻子脸颊上的疤痕有泪水滑过，而这疤痕，正是妻子替他挨上的……

爸　爸

　　记忆中，那年冬天不停地下雪，天空总是灰蒙蒙的。

　　我和妈妈每天站在屋侧面的雪地上，凝视远处那条白雪皑皑的路。

　　爸爸去外地劳动改造半年了，我们天天盼望爸爸回家。

　　我说，妈妈，爸爸不会忘掉走时对我说的话吧？爸爸说回来时给我带一支三色圆珠笔。等我有了三色圆珠笔，刘五他们就不敢欺负我了。

　　妈妈蹲下身，脸紧贴我的脸，眼里闪着泪花。妈妈说，爸爸的记性好，不会忘记的。前儿天，有人从工地上回来带信说，如果今晚继续下雪，爸爸明天就能回家了。

　　我一听就在雪地上奔跑起来，倒在雪窝里，打个滚，我爬起来再跑。

　　此时，我感觉我像其他家庭的小孩一样幸福。

　　这天晚上，我看见妈妈几次下床去看屋外的天空，见身上落满雪花，就露出喜悦的笑容。下半夜时，我听见妈妈小声祈祷，风和雪作作福呀，千万不要停止啊。

　　风和雪这晚真的没有停止，天亮时，大雪覆盖了我家的门槛。

　　于是，我和妈妈站在那条雪路上迎接爸爸。将近中午时，路上出现了人影。我和妈妈朝人影跑去，结果是五爷从工地上回来而不是爸爸。我不知道五爷把妈妈叫到一边说了什么，只见妈妈倒在雪地里放声恸哭。接着，五爷过来抱紧我，交给我一支三色的圆珠笔，说我爸爸死在大雪压塌的工棚里，死时手里握着这支笔……

第六辑

社会万象

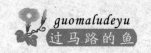

理解与不理解

他走进 M 公司。进公司大门时，他迟疑一下。眼前是幢办公楼，他逡巡一眼，觉得很高。其实办公楼不高，只三层。他走向大楼，但走着，手脚却在变凉。这个星期，他进了十家公司，每次出来时，手脚都在变凉。不，不能退缩，也许曙光就在眼前，他想。他一定要找到一份适合自己的工作。他才四十九岁，头发没有变白，是男人的黄金期。

他进去了，找到了办公室主任。他向主任介绍自己，用推荐更贴切。他说的都是自己的长处。主任听着，却沉下了脸。朦胧中，他看见主任脸上写上了字，一边是"你走吧"，一边是"你找总经理碰碰运气"。

出来时，他真的退缩了。他朝大门口走了两步，接着转过身。总经理的办公室就在眼前。玻璃门好亮。总经理坐在里面。应该试试，不试不值。

但运气没有他想象的那样好。他推荐自己的长处，总经理听着，突然转动黑色的老板椅，脸朝他时，对他说此时很忙，希望他理解。他对什么人都能理解，就是没人理解他。

他出来了。茶色地板是凉的，他的双脚落在上面真凉了。

他费解。但很快他笑了。他瞧一眼大楼的外面，太阳就挂在外面的天空上。这样的失意不止一次，十次了。

回到家，他对妻子说，这段时间出去找工作，我什么都不理解了，包括我自己。

自己不理解自己？妻子睁大眼睛望着他。半晌后，妻子说，此一时彼一时，还是向人家亮出你以前的身份，百万富翁，民企老板，情况不会是这样……

坠 落

他在屋上捡瓦，安安静静的，突然掉到了地面上。

妻子听到他的惊呼声，从屋里跑到他的跟前，发现他躺在地上不停地哼哧，爬不起来。

你是怎么做事的呀？好好的如何掉下来？妻子急道。

他不作解释，只要妻子喊面包车送他去医院。他感觉自己摔得够重了。

因为治疗及时，他没有留有什么后遗症之类。一个星期后，他痊愈了。

回到家里，妻子继续追问他那天为什么会突然掉到地上。妻子要他仔细解释。

妻子想到了迷信方面，打算去集市买些火纸，回来给他驱鬼避邪。

他生气。他说，你知道个啥，你有病啊！

妻子睁大眼睛。妻子过来摸他的额头，以为他头脑发热了。

他打开妻子的手，激动地说，你才头脑发热，你才有病！

妻子明白了，他有难言之隐。妻子于是以不做饭要挟他，逼他说出来。

他咬咬牙，沉默着。半晌后，他大声说，我是被你气掉地上的。

被我？妻子云里雾里。

他说，我当时看见左边那条路上走着一男一女，以为是女儿和女婿回来了。

妻子说，我知道了，你是太激动忘神了。

他说，屁话，我是担心才掉下来。你不想想，村里人见到女婿会议论什么。

妻子说，我的女婿关别人什么事？

他激动地说，都怪你想钱，让女儿嫁给一个老女婿！

几嗓子

春节前夕，他回到故乡。恰逢家族里一位老人去世了。

老子的儿子来请他：义哥，请你无论如何去参加我父亲的葬礼。我万分感谢你。

他没有理由去。他们已经出了"五服"，早没人情往来了。

他犹豫不决。他的嘴巴动了动，想说什么又没说。

这时老人的儿子赶紧从随身携带的皮包里，拿出二条好烟放在他的面前。

毕竟一脉相承，这样不是见外么？他想。

他说，你马上收回去，我去就是。按理说你的父亲也是我的叔叔，他去世了，我应该送他最后一程。

老人的儿子激动地说，你去了，我什么都不要你做，只要你在棺材封口的时候，在高音喇叭里喊几声，让打牌或玩耍的人都听见就行了。

他说，就这么简单吗？

老人的儿子点点头。

当天他就去了。封棺材口的时候，他在高音喇叭里真喊了几声。

他的声音一停下来，老人的儿子赶紧给他倒茶水，说了很多感谢的话。

他觉得这事莫名其妙。难道老人的儿子如此盛情地请他去，就是喊几嗓子么？

他找到家族里跟老人儿子较熟悉的一个人。他要这个人告诉这其中的原因。

这人笑说，这还用问吗？你是百万富翁呀！

他睁大眼睛。他说，钱跟喊几嗓子有关系吗？

这人还是笑说，别看这简单的几嗓子，你给主家争光了，人家有了面子。

他摇头。直到现在他还是不明白……

哭父亲

这天是父亲的葬礼。小宝跪在棺材前恸哭父亲。棺材前放着焚烧火纸的火盆，小宝一边哭一边烧火纸。一张火纸化成灰烬了，小宝再丢一张。

小宝哭还不算，还情真意切地喊父亲，想把父亲从棺材里喊醒。他说父亲不醒，他就永远跪着不起来。

参加吊唁的人陆续到来。父亲以前在这儿担任过镇长，人缘特好。

好心人劝小宝别哭，节哀顺变，哭坏了身子不能主持婚礼。大姐来劝小宝，二姐来劝小宝。小宝此时只想痛痛快快地哭一场。

大姐埋怨说：小宝，你只顾哭，有的客人被你气走了！

母亲气呼呼地走来，对小宝怒道：该哭的时候不哭，不该哭的时候偏哭，演戏！

演戏？众人面面相觑，不知道这话是什么意思？

母亲拉起小宝：你不是哭你父亲的死，你是哭你的存折丢了！我告诉你，你永远找不回你的存折了，你老子不会醒了。

母亲颤巍巍地走到棺材边，对棺材里的父亲说：老头子，你今天终于可以收回你的工资卡，安心上路了……

梦　境

他醒了，这时是子夜时分。他是惊醒的，心口突突在跳，额上有汗。

没有灯，卧室一片黑。静极了，除了妻子均匀的呼吸。卧室外，一汪漠漠的天，月亮落下了地平线，星星眨眼不说话。

他喊了一声妻子的名字。妻子坐起身的时候，他打开了电灯。

他告诉妻子：我做一个梦，一个可怕的梦，梦见了爷爷。

爷爷死去几十年了，坟上的草青了又枯了，枯了又青了。记忆里，爷爷的印象早就模糊了。

妻子说：你怎么突然间梦到了爷爷，一定是白天多想了爷爷的事。睡吧，梦是假的。

他激动地说：不是假的，梦中的爷爷是真的，爷爷带我去的地方也是真的。

带你去了哪儿？妻子凑到他的跟前。

他跟妻子说了，磜子河，石板桥，弯曲的大冲，茅草的小路，还有高压线，池塘，西瓜地。他说：这些地方，都是我小时候爷爷带我去过的。我好清楚，那是爷爷带我做的一次辞路之行。

辞路？什么意思呀？妻子睁大眼睛。

他说：爷爷那年沿着这条路线，到所有亲戚家走了一趟，以后到死再没有出过远门。那年爷爷五十五岁。

妻子黯然地说：你脑筋糊了米汤了，这是爷爷给你送暗示来了。

暗示？他不懂。他要妻子说明白。妻子说：站在灯光下，用镜子照你的头就明白了。

他拿来镜子，发现他的头发白了很多……

雪 堆

地上是皑皑的白雪。天空上飘着飞舞的雪花。

他双脚在雪地上发出"吱嘎"的响声。他向远处的一个雪堆走去。

雪是白的，他的心此时跟雪一样苍白。他喜欢白色，也害怕白色——他曾经在雪堆下面亲手掩埋了一堆白的东西。这二十年，逢着雪花飘飘，他都要来看看这个雪堆。

雪堆不在山洼田埂，不在塘边河畔，在生产队稻场的上方。

一切都发生在二十年前的冬天，那年，二十岁的他有着对门山上杉木一般的身材。

假如没有二十年前那个冬天，假如那个冬天什么事都不发生，他今天就不会在夜深人静时，孤身一人聆听夜鸟飞过屋顶的鸣声，聆听夜风凄凉的呻吟。

他走着，慢慢地走。风卷雪花沾满他的全身。

站在雪堆前，他什么话都不说，就是默默地站着。此时，他的思绪纠结万千，有揪心，有后悔，有失望，有遗憾，有自责……

雪地里走来一个人，是他的邻居。邻居拉他回家。邻居说：柱子，过去的事就让它过去，别自责了。要怪只怪当时的胖队长，他说老牛不能耕田，逼你打死老牛，毁坏了你的名声。

他激动地说：我忘不掉那年冬天我打死老牛的情景，它死时朝我流泪。我忘不掉我母亲死在那年冬天。我总觉得我母亲的身体很好，估计是我气死的。我有罪！

他跟随邻居走了。他走着，又回头瞅那个雪堆。

雪堆下，掩埋着他用铁锤打死的老牛的白骨。

清　明

　　外面下着淅沥的小雨。妻子睡在床上，突然从熟梦中惊醒。她坐在床铺边，一脸茫然。

　　我诧异，追问妻子怎么了？

　　妻子说，她被噩梦惊醒，好怕。我说，有什么好怕的，我坐在这儿打字，天才傍晚，外面的建筑物清晰着。

　　妻子说，我在梦中梦见了六个死人，里面还有我爹。

　　我睁大眼睛，你爹？你们在梦中都说了些什么？

　　妻子说：我不记得那些人跟我说的话，我只记得爹跟我说的话。爹说，他每天饿着，他烧不好饭菜。爹要我给他烧菜。我说我没时间，我要上班。我要爹学学别人的样。爹生气，一脸不悦。爹说我不讲孝心，不是他的亲闺女。你听听，爹在梦中竟然对我说这样的话。我心里此时很难过。

　　我沉默着。我在想梦以外的事情。一个突然间来的梦，不可能空穴来风。爹在九泉之下，是想给妻子暗示什么。这时我想起爷爷生前对我说的一件事。爷爷说，他有一次梦见奶奶，奶奶说她屋子漏水。第二天，爷爷去了奶奶的坟上，发现奶奶的坟上果然有几个窟窿。爷爷随身带有铁锹，填平了窟窿。从此，奶奶再没有托梦给爷爷。由此我推断，爹是在托梦暗示你什么。明天你就回老家，到爹的坟上烧些纸钱。已经三年了，你都没有回老家，到爹的坟上瞧一眼。

　　妻子说，今年我打算回去一趟的，只是等到清明节。

　　我把桌子上的日历交给妻子。我说，你瞅瞅日历。

　　妻子一瞅日历，马上惊呼道，天啦，我不知道后天就是清明节……

失 落

他在电脑前打字。妻子躺在床铺上。靠门边的位置，电饭锅里煮着菜。屋子里弥漫着从锅里冒出的水蒸气，夹杂着喷鼻的香味。

我正写到小说情节的紧张处。一个歹徒追杀一个女人。这时妻子发话了："你停下来，把电饭锅的插头拔掉。我哼了一声，说一会儿去办。"

我的眼前出现女人大声呼救的场面。我的心在颤抖。这时妻子又发话了："你拔掉插头再写，水都煮干了。我同样哼了一声说，好的，我马上去拔。"

可是我拱了拱身，又坐了下来。我怕想好的语言跑掉了，我怕瞬间的灵感消失了。我两手不停地敲着键盘。我已经写到女人快要逃脱歹徒的魔掌。

妻子咳嗽一声。我明白，妻子这个时候不想咳嗽，她在暗示我。

我说，快完了，我马上去办。

我嘴说马上去办，可我身子没有移动，两手还在不停地敲打键盘。

一分钟的沉默。不是我的沉默，是妻子的沉默。

接着我听见一声响，妻子气呼呼地跳下床。千真万确，她不是慢慢下床的，是跳下床的。

穿鞋子的时候，声音显得特别的匆忙。妻子拔掉了插头，然后埋怨道："你明天就回家！"

妻子在工作，我失业了。我想在妻子的单位工作，单位不要我。

　　回家？我停止键盘的敲打。我说："你是赶我走吗？我现在不能挣钱了，你嫌我是吧？好吧，我明天就走。我只要你想想，当年你失业后靠我生活，我数落过你吗？"

　　这天晚上，我通夜失眠。我站在屋子外，眺望天上的星星，我心里流淌的都是失落。

乡长 "闪" 腰

冬季，乡长踏着积雪来修水利的现场视察，并亲自挑泥巴助阵。但一担泥巴刚挑到堤坝，乡长就说他的腰 "闪" 了——通俗说法是扭伤腰。乡长住进了乡卫生院治疗。

治疗三天，乡长说他的腰越发疼痛了。乡长对人说，他这回一定伤在骨头上了。乡长住进了县医院。

很多人来看乡长。不该来的来了，该来的也来了。但乡长心烦，他对爱人说这些人是来加重他的病。生气了，乡长就到窗前看外面的雪景平静心态。

每天，乡长都要透过病房的窗口，朝医院的大门口看几眼。爱人问乡长看啥？乡长说不该问的别问。只有一个人能治好我的病。爱人问那个人是谁？乡长不语，又去看窗外的雪景。

这天，乡长瞅了一眼医院的大门口，心又烦了。突然，乡长听到了闹哄哄的人声。爱人告诉乡长，说有人又来看望他了。乡长马上躺倒在病床上。

来的是县长。县长紧紧握着乡长的手，慰问，感激，表扬。乡长激动地流出了眼泪。乡长说，县长啊，你要严厉批评我，我是关键时刻当了逃兵，我马上回去！

县长大受感动。临走时，县长拍了拍乡长的肩。

县长一走，乡长就叫爱人收敛东西回家。爱人说，你的腰突然好了？乡长说，全好了。

回家路上，爱人问乡长，为什么县长一来你的腰就好了？

乡长不理爱人，专心看手里的文件——这是县委刚发的下个月乡长选举的有关条例。

北斗星

儿子结婚后，在一个春天的夜晚，父亲把儿了带到星光下。

父亲说："你抬头仰望天上的星星，指出无数的星星中哪颗星星最亮？"

儿子从东望到西，又从西望到东，然后说："北斗星是所有星星中最亮的一颗。"

父亲说：那我告诉你，从明天开始，你就是我们家庭里那颗最亮的北斗星，要挑起当家的担子。

儿子说："我还没有做好当家的准备，我的肩膀上目前承不起这副沉重的担子。"

父亲说：不要推辞，多想想动物世界里那些哺育的故事。我老了。

是的，父亲的头发都白了。儿子不吱声，久久地凝视着天上的北斗星。

儿子就这样挑起了当家的担子。儿子当家办的第一件事，就是要父亲和妈妈不要工作了，在家里安享晚年。儿子说：我现在研究生毕业了，在省城有了工作，家里不缺您们挣的那几个小钱。

儿子当家办的第二件事，是给一位多年没有往来的远亲戚上五百元的人情钱。

父亲提醒儿子：这件事你要慎重考虑，小心钱打了水漂。

儿子在电话里说：现在我当家，你就什么事也不要操心了。

秋天，儿子突然进入了一家非常好的单位工作。父亲问儿子是哪位贵人暗地帮的忙？儿子说是那位先前没有来往的亲戚。父亲听了，想笑，却笑不起来。

转

村长经常在栓子的门前屋后转悠。栓子门前只是几棵树，屋后只有一个鸟窝，村长转悠什么呢？栓子叫妻子帮他猜测一下。妻子说不是村长肚里的蛔虫。

栓子说，妈的，他没事跑到我家这儿转，我明日就去他家那儿转。

栓子以后没事时，真的跑到村长门前屋后瞎转悠。村长屋前是光的，屋后没有鸟窝。

村长问栓子，你小子没事看什么？栓子轻描淡写地说，没事，转转。

村长说，你要转转，可以到别人家的门前屋后转嘛。

村长爱人热情，说村长，栓子想转就让栓子转转么，也没碍你的事，你不是经常到他家的门前屋后转么。

村长说，你知道啥呀？我转是有事，他转有问题。

栓子说，你转没问题，我转有问题，有这个说法吗？

村长气咻咻地走了，栓子于是欣喜地回家。

晚上，栓子问妻子，村长今天来转了吗？妻子说，来过，我吆喝一声鸡，他就走了。

栓子说，他怕鸡么？你要提高警惕，村长是个喜欢吃鸡的人。

就这样，栓子在村长屋前屋后转来转去的，有一天跟村长爱人转到了床上，被村长捉了一个活的。

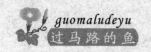

村长拿来一把锋利的切菜刀。栓子说，你敢！你在我家跟前转，不是成心打我老婆的主意么？村长说，你屁话，我转，是你跟别人说你的屋前屋后埋有现大洋。

栓子说是的是的，瞅村长不注意闪身溜掉了……

母与子

儿子一听见隆隆的雷声，就全身发抖地跪在母亲面前，抱紧母亲的腿，乞求母亲保护他。

母亲安慰儿子，说打雷了就会下雨，这是自然现象，不用害怕。

儿子哭说，妈，我真的害怕，我担心哪天突然间被雷打死。

儿子因为怕雷，不愿意上学，读到三年级就回家了。以后从不走出老家，以图打雷时有母亲的保护。母亲带儿子去看医生，去求菩萨，去信迷信，能够想到的正方偏方都用了，还是解除不了儿子害怕打雷。

母亲焦急，对儿子说，儿啊，以后没有妈了你怎么生活啊？

儿子说，妈妈哪天死，我随跟妈妈一起走。

这怎么能行呢？妈妈伤心揪然。妈妈去公社求政府把儿子带走。一个科研机构来人带走了儿子。母子分别时，母亲哭着说，儿啊，妈妈都是为了你的将来着想。

研究发现，儿子身上潜藏着带电的机能。儿子成了一个研究的对象。儿子有吃的，有喝的，样样都好，可儿子就是一时一刻想着家里的母亲。

这天，儿子偷偷溜出来跑回了家里。见到母亲，儿子抱紧母亲的腿说，妈妈，我再也不去那个地方，我不愿意他们在我身上做研究。我想您，一刻也不想离开你。

母亲说，儿啊，你的性命重要，你必须走。儿子笑说，妈妈放心，我

现在不怕打雷了，他们已经治好了我怕打雷的毛病。母亲的脸上爬满幸福的笑容。这时一个震耳欲聋的炸雷，突然间响破长空，儿子倒在了母亲的脚边。断气前，儿子望着母亲微笑。

母亲扯着嗓子追问，儿啊，你为何要骗妈妈？儿子却安详地闭上了眼睛。

一件皮上衣

儿子谈了一个对象，叫小玉，想带回家让我瞧瞧。

我觉得他们才认识了三个月，彼此了解的太浅，这年月什么样的人都有。婚姻是一辈子的事，不要草率从事。

儿子告诉我，说她心眼儿善良，说话彬彬有礼，属于淑女的范畴，叫我不要把问题想复杂了。既然儿子这么执着的认可，我就同意儿子带回小玉。

这天小玉来到了我家，带来了一件皮上衣。她对我说，叔叔，这是我的一点心意，您收下吧。

我不要。小玉不知道我的身高和胖瘦，这件衣服对我来说是多余的。小玉走时，我叫小玉把皮上衣带回去退掉。她脸红了，腼腆地说，叔叔肯定嫌我买的衣服质量太差了。小玉期盼地望着儿子。

儿子圆场说，爸您收下，总不能驳掉小玉的好意吧，这件衣服花费了她的一个月工资。

我被感动了。我接过衣服时，发现小玉微笑地揶着儿子出去了。

这件衣服特别适合我穿，不长不短，不肥不瘦，简直就是用尺量好我的身材后定做的。我非常佩服小玉观察人的眼光。这叫细心。我同意儿子跟小玉继续交往。

一年后，儿子和小玉结了婚。婚后，小玉对我非常孝心，有时候还陪我到公路边散步。有一天，我向小玉提问那件皮上衣的事，我想知道她是如何清楚我的身材尺码。

小玉神秘地一笑，接着说，爸，这是秘密，我想永远地装在心里。

足　迹

我冒着淅沥的春雨，来到一个我熟悉的村庄。妻子要跟我一起来，我拒绝了。

远处那个沉旧的天桥还在。那条罩在烟雨朦胧中的铁路还在。我看见一列红色的火车轰轰驶过，转瞬消失了。其实，我要找的不是村庄、铁路和天桥。我要寻找我年轻时留在这儿的足迹。

年轻时，我牵着一个叫兰兰的姑娘的手，在这儿来来回回走了很多的路。

我至今保存着兰兰的一本精致的日记本。书页里，夹有兰兰美丽的照片，还有共青团之歌，还有那些充满青春朝气的锦句格言。

我最忘不掉的，是铁路边那棵槐树。兰兰曾在树下哭过，还亲过我的罩满稚气的脸。印象最深的，是槐花儿怒放的时候，兰兰眼里的清泪，揩净了又有新的。

那是我们最后一次相见，也是我最后一次看见那棵槐树开着花儿。

兰兰去了很远的地方，再没有回来。我给她写过信，没有回信。

一年后，兰兰的母亲告诉我，说兰兰嫁给了他的表哥，在省城工作。

我记得我当时望着那条伸向远方的铁路，泪水模糊了双眼。

后来我随父亲去了新疆。南疆的温暖，北疆的雪花，让我在那儿一晃就是二十年。

兰兰最近回过娘家吗？这是我寻找足迹的重要部分。我带来了那本精

致的日记本，我想归还她。我希望她还像过去一样美丽，像那些芬芳的槐花儿。

但兰兰的母亲哭着告诉我，说兰兰前年冬天死于乳腺癌。死时要母亲带她回故乡，她的丈夫不同意。

我揪然。我真想哭一场。我把拿出的笔记本又放回了口袋。

小 花

有一天，他看见他住的这条街上开了一家花店。只要闲着，他就来花店里欣赏那些美丽的花儿。他只是欣赏而已，每次离开时都是空着两手。时间长了，卖花姑娘就有了想法。她说：先生，你不能来我店里光顾着欣赏花儿，你好歹照顾我做一笔生意啊。

他的脸红了。他说：我刚付清了房款，等我手头宽裕了一定买，保证每次离开时都不空手。但你也要反过来想，你的生意这样好也有我的功劳。

卖花姑娘睁大眼睛望着他，不明白。

他说：人气也是一种无形的资源，懂吗？

卖花姑娘思索半晌，突然一笑说：我知道了。那好，你想来就来，我欢迎。

他以后真的来得更勤了。

有一天，他对一束新进的小花特别感兴趣。

卖花姑娘说：先生，你要钟爱这束小花，我送给你。

他听了反而一脸怒容地大声说：我不要你送，我要用钱买，这样才能体现它的价值！

卖花姑娘愣了：什么意思呀？他郑重地说：你不懂！

这天他买走了那束美丽的小花。他真的经济拮据，他掏光了他所有的口袋才凑足那束花钱。以后他再没来这家花店。卖花姑娘从他的邻居嘴里得知，他现在天天在家呵护那束美丽的小花，一定把它当成了他死去八年的妹妹。他妹妹的名字就叫小花。

电 话

我散步归来，发现手机上的一个未接电话。我的手机放在屋里的书桌上。

我对妻说：有人给我打了一个电话。

妻子凑过来：快翻看是谁的电话。

我一翻开就笑了。我说：看你紧张的样子，是读大学的女儿打来的。

我打过去。女儿说没事，就是想问一下我和妻子在这儿打工好不好。

我说：我和你妈在这儿都好，你不用操心，你只操心你学习的事，只有几个月你就要工作了，我真担心你那个专业到时找不到好的工作。还有，我让你多考几个证，你记在心里吗？

女儿说：我都记得。我也不是过去的小孩子，不懂事。

我挂断了手机。把电话内容告诉了妻子。

妻子浅笑一下说：我的姑娘我清楚，她绝对不会没事给你打电话的。她肯定有事。

我说：那你打过去追问一下。

妻子把电话打过去。妻子说：姑娘，给娘说实话，你有什么事吗？

电话声音太小了，我一句也没听清。我观察妻子脸上的表情变化。我发现，妻子先是慢慢的微笑，渐渐地脸色凝重，最后变得有些失落。

一会，妻子挂断了电话。我问：女儿对你说了些什么？妻子不说，把电话交给我。

第二天傍晚，我与妻子散步时，我再次询问妻子昨晚打电话的事。

妻子说：女儿是担心我们失去了工作，到时候没有钱给她置办嫁妆。

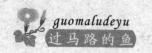

价　值

　　我和妻子去参加一个朋友儿子的婚礼。

　　朋友开有自己的公司，很有钱。他在花园里给他的儿子购买了一套大房子。我和妻子走进这个大房子的时候，妻子捏捏我的手，发出了一声轻微的惊呼。

　　妻子说：天啦，房子大，精装潢，得多少钱啊？

　　我不吱声，仔细地观赏那些豪华的家具，色彩斑斓的铜灯，水晶灯，欧洲风格的真皮沙发。

　　这时朋友过来了，谦虚地说：简单装修了一下，儿子的婚期太仓促了。

　　我用微笑作答。妻子说：你的房子就是一个皇宫了。

　　来了一位新客人。朋友过去了。妻子挪我进朋友儿子的婚房看看。

　　妻子一进婚房又是一声轻微的惊呼。高档的真皮软婚床，高档的家具，高档的床上用品，琳琅满目。但我只对女方娘家陪嫁的两百双鞋底发生了兴趣。我抽了几双鞋底过细地瞅，瞅完了，又放回原处。

　　离开朋友的家，妻子在回家路上对我羡慕地说：你知道吗？朋友家吊的那个金灯起码要几万元，我认为那是他家最值钱的东西。

　　我说：你知道个啥？真正值钱的东西你没注意。妻子怀疑地瞅着我，一脸不相信。

　　我说：在我眼里，值钱的东西就是那堆鞋底。它们全是用各种名样的花线一针一线缝的，做工精巧。

妻子哈哈一笑说：那才值几个钱啊，一万元购买一汽车。

我生气地说，你知道个啥？那东西根本不是钱能衡量的，它是一个母亲对女儿的一颗心，再多的钱都买不到！

一只金老虎

儿子参加工作后谈了一个女朋友。有一天儿子带着心爱的女朋友，在珠宝行里给女朋友购买了一只金光闪闪的金老虎，作为爱情信物。儿子的女朋友生肖属虎。

儿子把这个消息告诉母亲。母亲高兴，同时祝福他们。

但半年后儿子突然给母亲打电话，说他跟女朋友因为性格不合分手了。

母亲沉默半晌，最后慈祥地安慰儿子：分手就分手，婚姻是要姻缘的，强摘的瓜不甜。母亲只要儿子从女朋友手里收回那只金老虎。

儿子说：妈，这件事我想过，算了，只当我少上了两个月的班。

儿子说完挂断了电话。母亲心里刀刺一般的难受。那只金老虎买的时候七千多元，是母亲整整五个月的工资。母亲于是瞒着儿子，从认识的一个熟人那里知道了那个女孩子的家庭住址，并在一个星期天来到这个女孩子的家里要回了金老虎。

儿子得知这个消息后埋怨母亲。儿子说：妈，为什么不告诉我就要回了金老虎？

母亲用长时间的沉默来回答儿子。

一年后，儿子又谈了一个女朋友，感情发展顺利，准备结婚。

但儿子没有经济能力给妻子购买一只金兔子。妻子生肖属兔。

这时儿子想到了母亲手里那只要回的金老虎，想把它拿到金银加工店加工一只金兔子。

　　母亲说：那只老虎当时放在公司的卧室里，搬家时弄丢了。儿子无语，特别失望。

　　晚上，母亲打开书柜拿出那只金老虎，自语道：儿子，不怪娘的心狠，娘只想为难你使你快点走向成熟……

习　惯

他聘来乡政府食堂当厨师。上班第一天的傍晚，他看见一个中年妇人直冲冲地走进厨房，打开电冰箱，在里面拿了她喜欢的瘦肉和土鸡，还在案板下面拿了新鲜的大蒜和洋葱，然后无视他的存在，直冲冲地走向门外。

同志，干嘛呢？打劫呀？他在多家单位食堂工作过，还是第一次见到这种现象。

妇人停下来，转过头：你是喊我吗？你有什么事吗？妇人反倒质问他。

他瞅着妇人手里的东西说：这是公家，你不能随便拿，你要经过领导的同意。

妇人睁大眼睛：你想我退回这些东西是嘛？你是新来的吧？

他点头说：是的。今天是我第一天值班。

妇人微笑地说：那我就不怪你了。不过我要告诉你，在这个食堂，我从来没有拿过的东西再退回的习惯。我一般拿了就走，早成习惯了。

他也睁大眼睛：习惯？我不懂。但我希望我第一天值班，你要配合我的工作。

配合你工作？什么工作？妇人莫名起妙，随即扬长而去。

他马上给主管食堂的办公室主任打电话，说有人偷菜。

主任火速跑来了。可主任一听他的介绍就微笑起来。

主任说：他是乡长的爱人，明白吗？记住，以后防贼，一定要排除她。

他望着主任的背影，半晌后还是一脸思索的模样。

打 工

　　他第一次打工，是给一个百货店的私人老板当营业员。老板为人热情友好，这让他在这儿工作非常开心。他对老板说：老板，我是你的员工，你只有严格要求我，我才能在你这儿长久地干下去。

　　老板说：你有这个想法很难得，说明我当时聘用你的时候没有看错你。

　　他努力工作，一时一刻都用最好的工作态度回报老板。老板非常满意他。

　　夏天来了，老板每天过来给他顶两个小时的班，让他午睡。

　　他说：这怎么行呢？我们当初说好的我每天工作十小时，我不能减少两小时。

　　老板说：这两个小时我帮你想好了，你从晚上七点再工作到晚上九点。

　　他同意了。但他的一位熟悉的老乡对他说：你的老板过于精明。你不要小瞧那两个小时，如果你不加班，他就要另找一名员工。你听我的，回去后寻你的老班要加班费，他不答应，你就说你中午不午睡。

　　他回来后照朋友的意思对老板说了。

　　老板睁大眼睛地望着他。老板说：那你以后中午不午睡了，晚上我来值班。

　　老板第二天晚上果然来值班。他望着老板忙碌的身影不好意思走开。

他说：老板回去吧，还是我来。这里的每样东西我都轻车熟路了。

第二天老板对他说：我在单干之前也是一名打工者，你记住，体谅老板就是体谅自己。

这话他像是懂了又像不懂。月底发工资的时候，他发现老板多给了他两百元。

骨灰盒

他已经在家里躺了三天，为儿子与同族一位侄女谈对象而焦急。

妻子劝他思想开明，说婚姻法上都说过了五代人可以通婚。

但他就不开明，害怕家族里那些人盯他的眼光，害怕别人骂他教子无方。

他咬牙切齿地说：拆散！一定要将他们这对不是鸳鸯的鸳鸯打散！

他从一个熟人嘴里得知儿子藏在火车站附近的一个同学家里。他拎着一根竹棍去了。但儿子在他未到之前已经得知风声溜掉了。他气急败坏地放出风声说，哪天逮住了儿子，一定要用棍子打断儿子的腿。于是，胆小的儿子带着未婚妻再也没有回家了。

长时间不见儿子，他的心慢慢空虚起来。

这天他对妻子说：你说说，儿子以后会不会回来呢？

妻子说：根据我对儿子的了解，他这辈子不会回来了，除非你亲自去接他。

他望着远处朦胧的山峦，发出了一声深深的叹息。他自语：儿子现在在哪儿呢？

他开始四处打听儿子的下落，同时到女方家里打听，都是音讯全无。

有人说儿子和他的未婚妻到南方的某个城市打工去了。他打算前去寻找，但不知从哪里找起。于是他在家里静静地等待儿子给家里打电话。

夏天过去了，儿子没有打电话，秋天来了，儿子也没有打电话。

下起了缠绵的秋雨。他在家里一边听着秋雨声一边观看儿子的照片。

突然他的电话响了。他赶紧去接。可是没有接完他就倒在了地上。原来儿子在外没有钱生活，去偷别人的自行车，黑夜里被一群人当场打死了，现在电话通知他去领回骨灰盒……

辞路之行

他突然惊醒了。这时是半夜子时。他做了一个噩梦。他打开电灯。他感到他的眼前还在晃着梦中见到的人与物——死去的爷爷，河里的青石板，空中的高压线，青草的山岗，田间的阡陌，炊烟的木屋，简陋的小路。还有一些梦中情景，他已经记不着了。

他把妻子叫醒了。他有个坏习惯，每次做了噩梦，都会叫醒妻子。

他把梦中情景讲给妻子听，然后说，为什么爷爷三十年前的辞路之行，今晚突然来到我的梦境？是的，那天爷爷的辞路之行带着我。

妻子问他什么叫辞路之行？他给解释：我十岁那年，也就是爷爷五十五岁那年，爷爷叫我跟他一起走一次远亲。我记得，我和爷爷那次在外面玩了一个星期。爷爷当时对我说，这次来他们家玩了，这辈子不会再来了。果然，爷爷以后到死都没有出过远门。

妻子闭眼思索着。一会说：我明白了，睡吧，明天我把原因告诉你。

妻子到床铺那头睡了，很快发出了轻微的鼾声。

第二天一大早，他就要妻子告诉他做噩梦的原因。

妻子说：你用镜子照照自己的头发就明白了。

他马上用镜子照自己的头发，他什么也没有发现，还是那些黑发中夹着一些零星的白发。

他说：头发没有异样呀？这跟噩梦有什么联系吗？

妻子说：你再算你的年龄，是不是跟爷爷当年辞路之行的年龄一样？

他一算就睁大了眼睛。他明白了，平时只是糊糊涂涂的生活，他没想到到了辞路之行的年龄……

此一时彼一时

　　他来公司办事，中午到公司食堂吃饭。他一年前是公司一名中层负责人，现在离开公司在单干。在他走到打饭窗口时，他突然看见熟悉的方方，坐在离打饭窗口不远的桌边吃饭。他以为自己看花了眼，可分明就是她呀。她端着简陋的饭碗，穿着有灰的工作服，头上和鞋子上都是灰。作为销售部主任，她应该在小食堂吃饭，而不是在员工食堂。

　　他不相信这是真的。在他离开食堂时，他再次把眼光投过去。天啦，还真是方方。在他注视她的刹那，她也把眼光投向了他。他张嘴想跟她打个招呼，他们曾一起经常开会学习，是非常熟悉的人。可她赶紧垂了下头。

　　一年不到，方方是如何沦落到这般境地呢？

　　他向一个熟人打听。熟人告诉他，此一时彼一时，有些事说不清楚。

　　他说，方方可是总经理的大"红人"呀？

　　熟人说，总经理半年前就去了另一家公司。

　　他明白了。想到方方曾在公司的各种会议上揭他的短处，由此深得总经理的青睐，而现在竟然……

　　回想过去的往事，他心里阵阵怅然，有对他人的怅然，也有对自己的怅然。

　　接着，他把打好的饭菜撂在桌子上，离开了公司。

上　岗

这天，M 公司管仓库的刘经理突然找到我，给我一支烟，亲切地对我说：老徐，你有没有上班的想法呀？

我说：怎么不想上班呢？我在家里玩了半年了，已经玩得全身酸软，早就想上班做点正事。

刘经理瞧了瞧我，说：也是的。你他妈的不到五十岁，就成天在家里玩，不怕别人笑话吗？我们最近想应聘一个保管，你想不想在仓库里当一名保管呀？如果有这个想法，我就去向总经理打招呼。

这项工作对我来说轻车熟路。我感谢道：我非常喜欢这项工作，希望刘经理成全我。

第二天，我就走马上任了。

接着，我被刘经理提升为管理仓库的副经理。刘经理说：老徐呀，我发现你有管理的水平，我诚心的希望你帮我一把。

哪有提升加薪不乐意的事呢？我把刘经理请到餐馆"热情"招待了一次。

一个星期后，刘经理竟然将公司的两车皮大豆饼偷梁换柱地卖给了别人，给公司造成了重大损失。不过刘经理精明老到，他让我在喝酒后签了不该我签的字，当了他的替罪羊。虽然后来经警介入查清了此事的真相，我还是为刘经理背了五万元的黑锅。同时我下了岗。

我估算了一下，刘经理这次的手脚少说赚了十万。

而刘经理说他少说赔了十万，还埋怨我不该酒后乱签字。

我拿刘经理没辙，把一只"死"苍蝇生生地吞进了肚子里。

力 量

天漆黑一团。他一边急匆匆地赶路，一边聆听北风的呼声，和地上梨树叶子的啦啦声。

活到二十一岁，这是他第一次黑夜赶路。不能说他不害怕，他的心有些发跳，他的额头上有汗水。他不明白，开始走的时候心里坦然，为什么越走越怕？

不，自己要给自己壮胆。他脱开衣服，用巴掌使劲地拍了拍胸脯。他突然觉得他的眼前亮了一些，能看清地上模糊的路。接着，他燃起一支烟叼在嘴上。他记起了母亲的话，走夜路时点一支火。

为什么要点火？应该是给自己照路吧？他想。他走的很快，一座山翻过了，又一座山翻过了。他走到了一个小河边。有涓涓的水声。他看清了一汪白花花的水。他知道河里有几个过河用的石头墩子。可是在夜晚，他寻遍了，都没找着。难道不翼而飞了？他有点恐怖。他马上放声咳嗽两声。他又抽起一支烟。他不脱鞋子，走进了水里。

在水里，他有意用巴掌拍起水花。他顺利淌到河的对岸。

这时，他发现月亮出来了。刹那间，他能看清远处的山峦，附近的稻田，还有一些高高低低的树。尤其是他往前走的那条路，分分明明在他的眼前。

走到鸡叫时，他站在女朋友的家门前。

女朋友起来开了门，问他从哪里来？他说三十里外的村寨，他晚上在那儿放电影。他是个放映员。天啦，这条路太可怕了，即便是两个人，晚上也不敢走啊！

他说，你知道这是什么力量吗？女朋友脸红了，赶快去给他打洗脚水……

代后记：蚂蚁小说时代的大作家

蚂蚁小说这个名称在几年前估计很多人还很陌生，而现在，蚂蚁小说有无数的写作者，有国内近百种报刊刊发，并且，部分蚂蚁小说被选入大学及中学生教材或作文教材、试卷试题，并产生了中国五位金蚂蚁作家和数十名蚂蚁小说名家。

蚂蚁小说作为一种新的文学样式，它因其精巧和精致得到了广大读者的热爱和追捧。正如王豪鸣先生所说：蚂蚁小说的形体细如蚂蚁，却是一个完整的生命体，一个"大力神"；而且它的载体异常灵活，可以自由进入的领地实在太多了，不仅可以刊载于报刊、图书、网络等各种传统及电子媒体，也可以与广告相结合，在作品中出现地名、人名或企业名称，用于各种消费场所的精美图册，墙上的挂框，电梯广告，商品包装，各色贺卡，新年台历，企业广告杂志……总之，一切商业性、休闲性、工具性的书写物件，都是蚂蚁小说的天然载体。所以它打开了一片新天地，这种优势是任何其它小说都无法比拟的。

一位著名文学评论家说：现在是蚂蚁小说时代，现代生活节奏快，人们已没有时间也没有精力去阅读长篇小说。的确如此，蚂蚁小说不但短小，而且精巧、精致，能给人以美的速率刺激，这是其他任何小说都无法比拟的。因为我之前策划、主编了一系列的文学图书，作为一位蚂蚁小说作家，2010年我获了中国首届金蚂蚁奖后，很多蚂蚁小说作家都渴望我编辑出版一套蚂蚁小说的书籍。我与知名图书策划、出版人张海君老师提到了这件事，并发了几篇蚂蚁小说给张海君老师看，他当时就被这种精巧的蚂蚁小说迷住了，于是一拍即合，这套精致的书便开始组稿、编辑出版了。

中国目前究竟有哪些蚂蚁小说作家是一流的作家？哪些作家的蚂蚁小说更耐读呢？入选这套书的作品必然是耐读的、入选这套书的作家必然是一流的。比如荣获中国蚂蚁之星大擂台冠军的贾淑玲、亚军白文岭、季军孙逸，还有金蚂蚁作家段国圣、刘聆海、实力派蚂蚁小说作家禾刀、曾勇、彩红，中国蚂蚁小说七天王廖玉群、陈晓真以及中国蚂蚁小说十星座李小玲、肖淑芹等……

这些作家，都是蚂蚁小说时代的大作家。

肖 晨

2011 年 7 月